中华经典

诗歌词曲赏读

言志
的
诗
(一)

雪岗　主编
孙嬛　编写

时代出版传媒股份有限公司
安徽少年儿童出版社

总序

雪岗

从这套书的书名上就可以知道，这是介绍中国古诗的集子，一共五种。我们常说，古代中国是"诗的国度"。各类古诗浩如烟海，数不胜数，就连编选、注释、讲解古诗的选本也是层出不穷，五花八门，过去有很多，今后也还会不断涌现。各种选本的编法和选的作品自不相同，各有各的特点。那么，这套书有什么特点呢？

第一，它是按照古诗的四大类型，即"诗""歌""词""曲"分别编选讲解。诗歌词曲起源不一，各具形态，分开介绍，有利于加深印象和相互比较。"诗"，在古代包括两层含义：其一，它是诗歌词曲这些按照一定韵律、节奏、句数，分行写成的文学体裁的总称。其二，它是古人用四言、五言、七言和杂言等句式分行写成的韵体文。这套书里的《言志的诗（一）》《言志的诗（二）》收入的是历代文人的诗作。"歌"

即是"民歌"，历代民众的口头创作，反映民众的生活和情感。民歌的形式很丰富，与诗词曲关系密切。"词"是指起源于唐代中期的歌词，到宋代发展成古诗的新形式。"曲"主要是指金元时期形成的"散曲"，也包括剧曲和民间小曲，其文字部分也属古诗的范围。

第二，它采取纵与横结合、作品与知识结合的方法编写。诗歌词曲分别成集，即是"横向"，各集的入选作品均按时代顺序排列，从先秦到清代(词曲分别从唐、金元到清)，即是纵向。同时在"导读"中，简略介绍各自的起源、形态特点和发展演变过程。这样就可以使读者在欣赏作品的同时，也可以了解诗歌词曲的基本面貌和发展史，获取更多的知识。

第三，它以青少年为主要阅读对象，但不同于教科书和有关部门规定的必背诗目。书中选的作品和编写的方法以青少年和一般读者的接受能力为基础依据。作者上，大多是历代卓有成就的著名诗人。选材上，以短篇为主，也适当选入部分中篇和个别好懂的长篇。内容上，以景物诗为主，也收入一些社会诗、议政诗、咏史诗、边塞诗、军旅诗、励志诗、讽刺诗等。这就既考虑了这部分读者的兴趣，又反映了古诗多方面的成就，提高读者的读诗能力。写法上，除作品本身外，"注释"部分对难懂的字、词、句进行简洁明确的解释，但一般不作考证。"提示"部分对作者情况、作品的写作背景、主要内容及难点做简单介绍和分析，以帮助读者理解。这就是说，本书不像有些"鉴赏辞典"那样，用比作品多成百上千倍的文字，引经据典、旁征博引加发表

感想来详细讲解。

这种编写方法，既是从读者对象的实际情况考虑的，也与怎样读古诗有着密切关系。常言道："诗言志""歌传情""诗无定解"。同一首诗，不同人读后会有不同理解。特别是作品的内涵，往往作者的意图和读者的认识并不一致。这正是诗的魅力所在。所以读古诗最好的方法，不是听别人怎样"掰开揉碎"地解释，而是自己熟读和记诵。"熟读唐诗三百首，不会作诗也会吟"这句话不是夸张，是实情。笔者一向认为，读古诗主要靠自己诵读。诵读多了，甚至能背下来，必然会发生"质变"：从不太懂到懂得，再升华到有了自己的理解。

还有一点非常要紧。写诗不是写文章，不是写小说，它是把思想情绪浓缩到几个字一句的诗行里，必然要突破一般句法和文法约束。所以读诗万不可像读文章那样抠字眼儿、讲语法，非弄得明明白白不可。诗大都是开放的、抒情的、表意的、朦胧的、含蓄的，读诗也要有这样的心态才行，否则就会陷入"文字泥沙"里出不来，诗味也就没了。笔者很反对用现代诗体来翻译古诗，就是这个道理。古诗有古诗的韵味，只有品尝原汁原味才能真正体会其营养价值，消化吸收。本书"提示"有时会把不同理解告诉读者，就是出于这个原因。

本书的作者都有过当编辑的经历，出版过有关古诗的书或发表过研究论文。他们对读者的阅读兴趣和特点比较熟悉，对语言表达的深浅度有较好的把握。祝愿读者们在"诗歌词曲"的海洋里，无拘束地畅游，去获取丰富的知识，享受精神的愉悦。

目录

唐代前中期

导读——关于"诗"

如同本套书的"总序"中所说,"诗"在古代包括两层含义:其一,它是诗歌词曲这些按照一定韵律、节奏、句数,分行写成的文学体裁的总称。其二,它是古人用四言、五言、七言和杂言等句式分行写成的韵体文。这套书分成诗、歌(民歌)、词、曲四类进行介绍,其中《言志的诗(一)》和《言志的诗(二)》讲的就是后者中历代文人们的诗作。

我们先来沿着社会进程的脉络,讲一讲文人诗的大体发展情况和成就。文人诗的起源无疑就是民歌,即人民大众在生活中创作的诗。最早的诗都是口头创作、口口相传。后来经过具有广博高深文化的知识分子的提炼加工,就形成了我们最为熟悉的文人诗。《诗经》是我国最早的诗歌总集,收集了西周到春秋时期的诗作三百零五篇,分为"风""雅""颂"三个部分,里面有很多各地民歌,主要保存在"国风"里。还有一些是官员和文人写的,多是反映社会上层生活和歌功颂德一类的作品。我们在《言志的诗(一)》里选了两首:《鹿鸣》和《民劳》

（节选）。《诗经》的作品，以"四言诗"为主，也有一些"杂言诗"。

战国时期的楚国，诞生了我国第一位伟大的诗人——屈原。屈原在学习《诗经》的基础上发展创造的"楚辞"诗体，是古代诗歌发展的一座高峰。楚辞的句式多变，内容含量丰富，抒情性强，属于自由体诗。它的一个明显的特征，是句中带有"兮"字，相当于"啊"，读来更接近口语，舒展豪放。屈原的《离骚》是古代篇幅最长的诗作，至今仍有广泛读者。楚辞的影响力一直延续到两汉时期。

西汉汉武帝时期，官府设立了专门管理音乐的机构，就是乐府。音乐是古代社会活动重要的一部分，要唱歌就要有歌词，乐府的一项工作，就是搜集民间歌词，配曲入乐。经乐府整理的民歌，称为"乐府诗"。这是我国古代诗歌发展的又一座高峰。乐府民歌有很多优秀作品，受到大家喜爱，后来很多文人也仿照乐府诗进行创作，就出现了大批"文人乐府"。像东汉的曹操，南北朝的鲍照，唐代的李白、杜甫、白居易等，都是写乐府诗的高手。一直到清代，乐府诗仍然有生命力。

乐府诗的兴盛，也推动了五言诗的流行。五言诗比四言诗容量大，韵脚可以隔句，读来更顺口，而且句数可多可少，能随作者的心愿，所以深受文人们的欢迎，发展很快。大批文人学者热情投入创作，诗歌体系日趋成熟，在东汉以后的魏晋南北朝时期形成了五言诗的时代，出现了不少杰出诗人和名作。如"三曹"（曹操、曹丕、曹植）、王粲、阮籍、嵇康、陶渊明、谢灵运、鲍照、谢朓、庾信等。其中以陶渊明的田园诗成就最为突出，他开创了一代诗风，是继屈原以后又一位伟大的诗人。

在五言诗大潮之下，七言诗也逐渐发展起来，而且渐行渐兴，为后来取代五言诗的地位奠定了基础。曹丕、鲍照等对七言诗的形成和完善功不可没。

需要指出的是，南北朝时期的诗歌对后来的唐诗大发展起到了启蒙作用。如谢灵运的山水诗，堪称古代山水诗的奠基石。鲍照的杂言

诗和七言诗，以及那些愤世嫉俗的作品，对唐代诗歌的发展有明显的推动作用。谢朓、沈约的景物诗和声律探索，多为唐诗所遵循。而唐代绝句和律诗的形成，与庾信等先行者的实践密不可分。

古代诗歌发展的最高峰，无疑就是唐诗。有四方面的事实可以证明这一点：一是作品多。《全唐诗》收录了近五万首诗，还只是当时的一部分作品。二是诗人多。留下作品的就有两千多人，从皇帝大臣到平民百姓都有诗人。三是杰出诗人多。除了李白、杜甫、白居易三大诗人之外，属于一流和有影响的诗人还有几十位。四是影响深远。直到今天，唐诗仍然是中国人从小就要熟知的基本文学作品。一个有文化的青少年，背诵不出几十首唐诗，真是令人难堪的事。

唐诗继承了先秦到南北朝的诗歌传统，又有新的重要的创造。从唐诗开始，古代文人诗分成了两大类别。一是古体诗，即先秦、两汉、魏晋南北朝形成的诗体，句数、字数不限，韵律不严格，写法较为自由，读来随心所欲，容易调动感情。二是近体诗，包括在唐代正式形成的律诗和绝句，分别是八句和四句，各有五言和七言两种，句数字数固定，韵脚平仄要求严格。律诗的三四两句、五六两句要求对仗。近体诗读来音乐感、节奏感强。优秀的唐代诗人，像李白、杜甫、白居易、

王维、岑参、高适、韩愈、刘禹锡、李贺、李商隐等，都是全能诗人，他们古体诗、近体诗写得都非常好。

唐诗在内容上丰富多彩，博大精深。山水诗、田园诗、田家诗、边塞诗、军旅诗、爱国诗、忧民诗、咏史诗、政论诗、生活诗、咏物诗、新乐府诗等，无一不有，无一不精。所以有人说，诗让唐代人写完了。唐诗所以受人喜爱，与它内涵丰厚深沉、语言通俗易懂有直接关系。它为诗歌的创作指明了正确的方向。

进入宋代之后，兴起于唐代中期的"词"发展起来，成为诗坛的主角。但是宋代的文人诗仍然很优秀。宋诗与唐诗相比，直面事物描写刻画的功夫差一些，但有挖掘哲理内涵和情趣浓厚的特长，议论性较强，成为唐诗以后诗界的又一大成果。欧阳修、王安石、苏轼、黄庭坚、陆游、范成大、杨万里等诗人，都属一流。

到了元代，戏曲繁荣，杂剧盛行。唐宋的文人诗传统，在元代处于低潮。散曲作为古诗体的一种新形式，写作更为自由，能让文人一吐心中愤懑或欢快，因而受到欢迎。唐诗、宋词、元曲成为古代诗歌的三大成果，举世公认。明代的小说和传奇(戏曲)发达，民歌民谣也有很大发展。作为"雅文学"的文人诗，已经退居次要地位。有雅兴的文人主要在散文上下功夫，出现了各种流派，他们的诗作少有特别出色的。元明两代的文人诗，基本没有新的创造。倒是明朝爱国志士们写的励志诗，成为那个时代的亮点。

清代的诗比元明两代小有起色，出现了一些有影响的诗人。但从总体来说，写诗已经成了"家常便饭"，大凡文人学者、官员士绅，都会写些绝句和律诗。只是伟大的诗人和作品已经没有产生的土壤。文人们在"宗唐"与"宗宋"的不同兴趣中写出的多是模仿之作。清代前中期最有成就、有个性的诗人当属袁枚，他的诗贴近生活，反映民众情感，实属难得。鸦片战争以后，社会发生重大变革，国家处于危机之中，一批爱国志士写出的爱国诗，令人振奋。其中以提倡"诗界革命"的黄遵宪最为人瞩目，他的诗已经跨出国界，反映世界的面貌和走向。

从以上的简略介绍中，我们对古代的文人诗可以有这样的印象：唐诗成就最高，唐以前的诗有开拓奠基作用，唐以后的宋诗特点鲜明，元明清诗已处在文学创作的非主流地位。古诗作为古典文学的精华，不会也不应当被人冷淡。它是人们精神生活的一部分，也是当今语言文学的源头之一。古诗仍然在社会生活中发挥着重要作用。本书选取了从上古到清代的名诗二百多首，多是著名诗人的作品，其中唐诗占了一半。各种风格、各类题材兼顾，短诗居多，中长篇也适当收入。让我们熟读古诗，记诵古诗，使之成为启迪我们心灵的精神圣餐。

先秦两汉 魏晋南北朝

卿云歌（节选）《尚书大传》

卿云①烂兮，糺②缦缦③兮。

日月光华，旦④复旦⑤兮。

注 释

①卿云：祥云，即色彩斑斓的云彩。　②糺（jiū）：同"纠"，集合。　③缦缦：云彩层叠卷曲的样子。　④旦：光明。　⑤复旦：更加光明。

《卿云歌》，选自古书《尚书大传》。《尚书大传》，一般认为是西汉时伏生所著，是对古典文献《尚书》的解释性著作。但其作者和问世时间，尚有争议。书中记载，《卿云歌》是传说时代舜禅位于禹时，与群臣的合唱曲。全曲共二十句，这里节选的是开头舜唱的四句，也是流传最广的一段。它赞美祥瑞的云彩美丽多彩，日月的光辉照耀大地。象征着当时天下的兴旺太平，也预示了禹继任后将延续辉煌。

接下来的四句，是群臣的合唱，赞扬舜的高瞻远瞩和让贤美德。后面的十二句是舜的答词，说明人世间的让贤如同日月星辰运转，势在必行。这首诗出现在西汉年间，距离尚无文字可考的尧舜传说时代很远，应是当时人借古代圣王之名所作。但因舜和禹禅让之举历来为人推崇，所以此诗常被人们引用。

《卿云歌》是一首礼赞光明的颂歌，历来受到人们的喜爱，被认为是古代诗歌的杰作，描画了中华民族兴旺发达的前景。特别是前四句，流传甚广。著名学府复旦大学即以此命名。本书把它列在卷首，也是希望有一个光明的开始。

鹿 鸣

[周]《诗经》

呦呦①鹿鸣，食野之苹②。

我有嘉宾，鼓瑟吹笙③。

吹笙鼓簧④，承筐是将⑤。

人之好我，示我周行⑥。

呦呦鹿鸣，食野之蒿。

我有嘉宾，德音孔昭⑦。

视民不恌⑧，君子是则是效。

我有旨酒⑨，嘉宾式燕⑩以敖⑪。

呦呦鹿鸣，食野之芩。

我有嘉宾，鼓瑟鼓琴。

鼓瑟鼓琴，和乐且湛⑫。

我有旨酒，以燕乐嘉宾之心。

注 释

①呦呦：鹿的叫声。 ②苹：艾蒿，一种野生的蒿类植物。下面的"蒿""芩"同此。 ③瑟、笙：古代的乐器。 ④簧：用来发声的薄片，古代是用竹子做成。 ⑤承筐是将：用筐盛币帛等礼品赠送。 ⑥周行：大道，意指大的道理。⑦德音孔昭：德行美好，声誉显耀。 ⑧视民不恌（tiāo）：示范百姓不浮躁轻恌。 ⑨旨酒：美酒。 ⑩燕：同"宴"。⑪敖：游玩。 ⑫湛（dān）：尽情玩乐。

提 示

　　《诗经》是我国古代第一部诗歌总集，收录了自西周初年至春秋中叶的诗歌，共305首。它包括"风""雅""颂"三大类。"风"是各诸侯国的民歌，我们放在《歌》那本书里介绍。"雅"分"大雅"和"小雅"，多是饮宴或祭祖的诗作，也有反映民间生活的作品。"颂"多为赞誉之词。

　　《鹿鸣》是"小雅"的首篇，写主人宴请宾客的场景，也有说是君王和群臣在开宴会。那时候，开宴会是沟通君臣和主宾感情的重要方式，备受与会者重视。此诗中所描绘的宴会场景，歌舞升平，乐器齐奏。在吉祥之物鹿的鸣叫声中，主客以美酒互敬、以钱物礼品等互赠，相互夸奖赞美，气氛十分和谐。诗的音乐感很强，是古代宴会歌的代表。后世的大场面宴会经常以《鹿鸣》作为宴会的乐歌。

民劳

（节选）｜周｜《诗经》

民亦劳止，汔可小康①。

惠此中国，以绥四方②。

无纵诡随，以谨无良③。

式遏寇虐，憯不畏明④。

柔远能迩，以定我王⑤。

注 释

①民亦劳止，汔可小康：人民辛劳到了头，要求得到起码的安康。止：极点。汔（qǐ）：同"乞"。　②惠此中国，以绥四方：给京师的人恩惠，用来安定整个国家。中国：此处指京师，即国都。绥：安定、安抚。　③无纵诡随，以谨无良：不能纵容奸诈之人，防止他们心存不良。诡随：指奸诈的阴谋。　④式遏寇虐，憯（cǎn）不畏明：制止欺压百姓的暴虐行为，不惧怕他们势力强大。式遏：制止。憯：同"惨"。　⑤柔远能迩（ěr），以定我王：安抚远近的民众，得以安定大王的天下。能：而。迩：近。

提 示

　　《民劳》是《诗经·大雅》中的名篇，也是最早体现"民本"思想的文献之一。据考证，本诗是西周厉王时期大臣召穆公规劝周厉王的作品。周厉王姬胡是西周有名的暴君，贪财好利，宠信奸佞，横征暴敛，剥削百姓，又不许人议论国事，动辄处人死刑，因此激起民愤。国人奋起反抗，他被迫逃离京师，死在外地。召穆公是个有远见的人物，他在此诗中劝周厉王爱护人民，远离奸臣，停止暴政，给百姓实惠，这样才能使国家安宁，王位稳固。

　　全诗共五章，每章十句，每章内容大体相同。这里选的是第一章。诗中的词句较为难懂，但其体现了四言诗的基本写法。

离骚（节选）

[周] 屈原

帝高阳①之苗裔②兮，朕③皇考④曰伯庸。
摄提⑤贞⑥于孟陬⑦兮，惟庚寅⑧吾以降⑨。
皇览揆⑩余⑪初度⑫兮，肇⑬锡⑭余以嘉名：
名余曰正则⑮兮，字余曰灵均⑯。

路曼曼⑰其修远⑱兮，吾将上下⑲而求索⑳。
饮余马于咸池㉑兮，总余辔㉒乎扶桑㉓。
折若木㉔以拂日㉕兮，聊㉖逍遥以相羊㉗。
前望舒㉘使先驱兮，后飞廉㉙使奔属㉚。

注 释

①帝高阳：传说中古代帝王高阳氏，即颛顼（zhuān xū）。　②苗裔：喻指后代。
③朕：我。秦始皇建立秦朝后，成为皇帝自称之词。　④皇考：对去世父亲的
尊称。　⑤摄提：古代纪年名称，即寅年。　⑥贞：正当。　⑦孟陬（zōu）：
正月。　⑧庚寅：庚寅日。　⑨降：降生。　⑩览揆（kuí）：观察思量。　⑪余：
我。　⑫初度：初生时的气度。　⑬肇（zhào）：才。　⑭锡：赐给。　⑮正
则：公正的法则，暗指屈原的名"平"。　⑯灵均：地势平缓均匀，暗指屈原的
字"原"。　⑰曼曼：漫长。　⑱修远：遥远。　⑲上下：天上地下。　⑳求索：
探求真理。　㉑咸池：神话中太阳洗浴的地方。　㉒辔（pèi）：缰绳。　㉓扶桑：
神话中太阳休息的神树。　㉔若木：扶桑的树枝。　㉕拂日：擦拂太阳。　㉖聊：
暂且。　㉗相羊：徜徉、闲游。　㉘望舒：神话中为月亮驾车的神。　㉙飞廉：
神话中的风神。　㉚属：跟随。

提 示

　　屈原（约前340—前278），名平，战国时期楚国人，出生在丹阳秭归
（今湖北）。他青年时期博学多才，胸怀壮志，主张变革，得到楚王重用。
后受到奸佞诬陷，遭到贬斥，两次被流放。他一片报国之心无人理解，但
决不与恶势力同流合污。当他听说国都被秦军攻破时，投汨罗江自尽。屈
原是中国历史上一位伟大的诗人，在诗歌创作中取得非凡的成就。他吸取
民歌精华，创造了"楚辞"诗体，写下了《离骚》《九歌》《九章》等不
朽名篇。他的诗，内容博大精深，充满爱国热情和正义感，文辞瑰丽多彩，
激情澎湃，富于想象，是先秦文学的杰出代表，对后世有深远影响。

　　《离骚》是屈原最重要的代表作，也是古代最优秀的长篇抒情诗之一，
长达三百七十多句。这里选其中两小段。第一段是开头的八句，主要写作
者的出身。第二段是中间的八句，主要写作者在遭受迫害后追求真理的决心。
这些都是通过神话般地描述和浪漫的激情加以表达，给人以无限的感慨和
诗的享受。

大风歌

[西汉]刘邦

大风起兮云飞扬，

威加海内①兮归故乡。

安得猛士②兮守四方！

注 释

①威加海内：指权力和威望震慑天下。海内：我国古人认为陆地周围是大海。 ②猛士：指守卫国家的将士。

提 示

刘邦（前256—前195），字季，西汉时期沛县丰邑（今江苏丰县）人。他出身于农民家庭，当过乡间小吏，后率众起义，攻破秦都咸阳，被霸王项羽封为汉王。随即发兵与项羽争战得胜，建立了汉朝，为汉高祖。在位期间，平定了多起内乱，重视发展农业，对社会稳定和发展起了重要作用。

公元前195年，刘邦平定英布叛乱后，回到沛县看望乡亲。其间自作《大风歌》，与众人合唱起舞，乃至伤感流泪，回到长安后不久即去世。《大风歌》虽只有三句，却内容博大。第一句借描写大风，衬托当时国家动乱、复杂的背景。第二句写统一天下的威风，体现了帝王的尊严。第三句点出主题，表明诗人急切盼望有更多的能人志士安定国家，守卫四方。这首诗大气磅礴，直抒胸臆，是一首出色的政治抒情诗。读此诗，会自然联想起刘邦的对手项羽在失败前夕唱的《垓下歌》："力拔山兮气盖世，时不利兮骓不逝。骓不逝兮可奈何，虞兮虞兮奈若何？"同样是伤感，但一个是为国家安定而忧虑，一个是为个人命运而叹息。

秋风辞

〔西汉〕刘彻

秋风起兮白云飞，草木黄落兮雁南归。

兰有秀兮菊有芳^①，怀佳人^②兮不能忘。

泛^③楼船兮济^④汾河^⑤，横中流兮扬素波^⑥。

箫鼓鸣兮发棹歌^⑦，欢乐极^⑧兮哀情多。

少壮几时兮奈老何^⑨！

注 释

①秀、芳：指兰花菊花开放芳香四溢。　②佳人：意指
杰出人才。　③泛：乘船。　④济：渡河。　⑤汾河：
黄河支流，在山西西南。　⑥素波：白色波浪。　⑦棹
（zhào）歌：船工划船时唱的歌。棹：船桨。　⑧极：过度。
⑨奈老何：意为人要老了，没办法。奈何：怎么办。

　　刘彻（前156—前87），原籍沛县，汉高祖刘邦重孙，即皇帝位后称汉武帝。他在位期间，内政外交成绩突出，使汉朝成为当时世界上最强盛的国家之一。刘彻喜好诗文，有多篇诗作流传。

　　《秋风辞》是刘彻率群臣坐船游汾河时所作，其描写的是秋天景色。全诗共九句，前七句描写景致，并见景生情，渲染渡河时的欢乐心情。后两句写乐极生悲的感慨，发出光阴似箭、人终会老的慨叹。对刘彻这样身份的人来说，这种心境非常真实自然。此诗用楚辞体，朴素大方，在悠闲的意境中又有壮阔之美，句句押韵，读来流畅上口。"悲秋""感秋"是古诗的常见题材，这一首堪称佳作。

五噫歌

[东汉]梁鸿

陟^①彼北芒^②兮，噫^③！

顾瞻^④帝京^⑤兮，噫！

宫阙^⑥崔嵬^⑦兮，噫！

民之劬劳^⑧兮，噫！

辽辽^⑨未央^⑩兮，噫！

注释

①陟（zhì）：登上。　②北芒：北芒山，又叫北邙山，在今河南洛阳北。　③噫（yī）：感叹词，此处表示惊讶和叹息。④顾瞻：瞻望、遥望。　⑤帝京：指东汉都城洛阳。　⑥宫阙：宫殿。　⑦崔嵬：高大雄伟。　⑧劬（qú）劳：辛劳、劳苦。⑨辽辽：长久广大。　⑩未央：未尽，没有尽头。

提 示

　　梁鸿，字伯鸾，生卒年不详。东汉扶风平陵（今陕西咸阳西北）人。他家境贫寒，苦读诗书，成为当地名士。与妻子孟光生活和谐美满，被传为佳话，后隐居在霸陵山中。一次到洛阳办事，登北邙山，看到洛阳宫殿林立，想到服劳役的百姓太苦了，即写下《五噫歌》，表达不满。皇帝（汉章帝）见到后，下令捉拿梁鸿。他只好更名改姓，携妻逃往齐鲁（今山东），又到江南，以打工为生。所作诗书数种，大都散失。

　　梁鸿的《五噫歌》，是站在劳苦百姓的立场上，对封建统治者大肆修建豪华宫殿，剥夺民力，给百姓带来无穷苦难，公开表示不满和谴责，实属难得，为后世大量的忧民诗开了先河。在写作上，以楚辞为基础，又有创新，尤其是连用感叹词"噫"为每句结尾，新颖别致，使读者印象深刻。

四愁诗（选一首）

[东汉] 张 衡

我所思兮在太山①，欲往从之梁父②艰，
侧身东望涕③沾翰④。
美人⑤赠我金错刀⑥，何以⑦报之英琼瑶⑧。
路远莫致倚⑨逍遥⑩，何为⑪怀忧心烦劳。

注 释

①太山：即泰山，"五岳"之首。　②梁父：山名，在泰山以南，也叫梁甫。　③涕：眼泪。　④翰：衣襟。
⑤美人：指君子，能士。　⑥金错刀：镶着金饰的佩刀。
⑦何以：以何。　⑧英琼瑶：闪光的宝玉。　⑨倚：语气词。　⑩逍遥：徘徊不安。　⑪何为：为什么。

提 示

　　张衡(78—139),字平子,东汉南阳(今属河南)人。他是古代著名的科学家,在天文、地理和算学上有杰出成就。他也是才华过人的文学家,写的汉赋和诗均属一流。他做过地方官,颇有政绩,但看到腐败现象严重,很是忧虑,《四愁诗》即是表达对正人君子的思念,抒发对时局的伤感。

　　这首诗共四段,每段内容和写法基本一致,分别写想去东南西北的太山、桂林、汉阳(今甘肃)、雁门,与君子会面,但因山高、水深、路远、严寒不能成行,因此感到伤感、烦恼。这里选的是第一段。其中的"金错刀""英琼瑶"暗指和君子们的交往。此诗以远游交友的方式,表达对现实的不满和对贤士的渴望,立意高远,发人深省。写作上,以"楚辞体"为基础,又有很大变化,是"七言诗"的最早尝试,在诗史上有重要地位。

琴歌

一东汉一蔡邕

练①余心兮浸②太清③，涤④秽浊⑤兮存正灵⑥。

和液⑦畅兮神气宁⑧，情志⑨泊⑩兮心亭亭⑪，

嗜欲⑫息⑬兮无由生⑭。

踔⑮宇宙而遗俗⑯兮，眇⑰翩翩⑱而独征⑲。

注释

①练：淘洗，清洁。　②浸：充满。　③太清：道教语，此处意指正大阳刚之气。　④涤：荡涤，洗涤。　⑤秽浊：污垢、肮脏。　⑥正灵：正直的心态。　⑦和液：和谐纯净的液体，精华之液。指人体中的元气和津液。　⑧神气宁：指内心安宁、平静。　⑨情志：感情、理智。　⑩泊：停泊。此处意指无所求。　⑪心亭亭：心情安稳。　⑫嗜欲：嗜好、欲望。　⑬息：停止消失。　⑭无由生：不再产生。　⑮踔（chuō）：超越、飞升。　⑯遗俗：意指抛弃凡俗。　⑰眇（miǎo）：此处指远飞。　⑱翩翩：飞舞的样子。　⑲独征：自己要去的地方。

 提　示

　　蔡邕（133—192），字伯喈，东汉陈留（今河南开封）人。他自幼以孝闻名乡里，饱读诗书，后成为当时最负盛名的学者、诗人，书法也极有建树。他曾在朝廷任职，并受权臣董卓重用。董卓被杀之后，他被怀疑是同情者，下狱而死，世人为之可惜。蔡邕对古琴有深厚造诣，留下"听琴"等故事。《琴歌》是他的名作。

　　这首诗用"楚辞体"写作，描绘出弹琴时的高远心境。第一、二句描写心灵的纯洁、正清。第三、四、五句描写去除杂念欲望，淡泊心志。第六、七句描写思想升华脱俗，在理想的境界中自由驰骋。全诗把弹琴的妙处描写得生动、传神，令人叹服。

古诗十九首（选二首）

[东汉] 佚 名

行行重行行①，与君生别离。相去万余里，各在天一涯②。
道路阻且长③，会面安可知？胡马④依⑤北风，越鸟⑥巢南枝。
相去日已远，衣带日已缓⑦。浮云蔽白日，游子不顾返⑧。
思君令人老，岁月忽已晚。弃捐⑨勿复道⑩，努力加餐饭⑪。

迢迢⑫牵牛星⑬，皎皎⑭河汉⑮女⑯。纤纤⑰擢⑱素手⑲，札札⑳弄机杼㉑。
终日不成章㉒，泣涕零如雨。河汉清且浅，相去复几许㉓？
盈盈㉔一水间，脉脉㉕不得语。

注 释

①行行重行行：走了又走。　②涯：边际。　③阻且长：道路阻隔又长远。　④胡马：北方的马。古人把北方游牧民族称为"胡"。　⑤依：依恋。　⑥越鸟：南方的鸟。越：古代浙江一带。以上两句指游人在外却心系家乡。　⑦衣带日已缓：衣带宽松了，意指人消瘦了。缓：宽松。　⑧浮云蔽白日，游子不顾返：云遮住了太阳，意指环境艰险，游子回不了家。　⑨弃捐：丢开。　⑩勿复道：不再说了。　⑪加餐饭：意为多吃饭菜，保养身体。　⑫迢（tiáo）迢：遥远。　⑬牵牛星：在银河东。⑭皎（jiǎo）皎：明亮。　⑮河汉：指银河。　⑯女：织女星，在银河西。　⑰纤纤：细而柔软。　⑱擢（zhuó）：此处指伸出。　⑲素手：洁白的手。　⑳札札：织布的声音。　㉑机杼（zhù）：织布的梭。　㉒章：布的纹理。"不成章"指织不成布。㉓相去复几许：相隔有多远。　㉔盈盈：清澈。　㉕脉（mò）脉：用眼神表达心意。

提 示

　　《古诗十九首》一般认为是东汉后期的作品，因为作者不详，所以统称"古诗"。这些作品均为五言，是五言诗最早的一批成熟作品。其内容多反映夫妻、朋友之间的关系或是人生的感悟，情景交融，平和自然，能给人深刻的启示。诗句通俗如话，毫无雕琢的痕迹，是诗的典范之作。这里节选的是第一首和第十首。

　　第一首的内容，历来说法不一。有的说是对被迫害流放同僚的怀念，有的说是妻子对离家远行的丈夫的思念，也有的说是离家男子对家乡亲人的怀念。不管哪一种讲法，都有说得通的理由。笔者倾向于第三种说法，因为从口气和用词上看，全诗更像是在外奔波的男子在述说自己行程艰难，越走越远，却心系故乡，人瘦了，变老了，回不去，只能想方设法多吃些保养身体，好等待回故乡的机会。

　　第十首通过传说中的牵牛星和织女星的故事，描写青年男女相恋却不能在一起的伤感。诗中主要写织女对牛郎的思念和深情。牛郎织女的故事，远在先秦时代就有了，后经历代加工，到东汉时已成为优美动人的爱情传说，千百年流传不已。

短歌行

[东汉] 曹 操

对酒当歌，人生几何？譬如朝露，去日苦多。

慨当以慷①，忧思难忘。何以解忧？唯有杜康②。

青青子衿③，悠悠④我心。但为君故，沉吟至今。

呦呦鹿鸣，食野之苹。我有嘉宾，鼓瑟吹笙⑤。

明明如月，何时可掇⑥。忧从中来，不可断绝。

越陌度阡，枉用相存⑦。契阔谈讌⑧，心念旧恩。

月明星稀，乌鹊南飞。绕树三匝⑨，何枝可依。

山不厌⑩高，海不厌深。周公吐哺⑪，天下归心。

注 释

①慨当以慷：心情激昂慷慨。 　②杜康：传说中发明造酒的人，此处指代酒。
③青青子衿（jīn）：青色的衣服，此处指代有学识的人才。 　④悠悠：意指思
虑不断。 　⑤"呦呦鹿鸣"四句：引用《诗经·鹿鸣》，此处指宴会和交友场
面的热烈气氛。 　⑥何时可掇（duó）：何时可以摘取。 　⑦越陌度阡，枉用相存：
意指贤士远到来访，屈尊光顾。陌、阡：田间小道。 　⑧契阔谈䜩（yàn）：䜩，
指宴会上畅谈离别思念之苦。 　⑨匝（zā）：周、圈。 　⑩厌：此处意为满足、
厌烦。 　⑪周公吐哺：周公为接待来访客人，曾"一饭三吐哺"，吐出正在嚼
的食物，出去会客。

提 示

　　曹操（155—220），字孟德，东汉沛国谯郡（今安
徽亳州）人。东汉末年，军阀割据混战，曹操靠武力"挟
天子以令诸侯"，出任丞相，击败地方势力，基本统一
了北方，但在赤壁之战中，败给孙权和刘备联盟，形成
三足鼎立的局面。其子曹丕废汉建魏，尊他为魏武帝。
曹操也是当时杰出的诗人，擅长作乐府诗，尤以四言诗
著名。

　　《短歌行》是汉代乐府诗的乐曲名。曹操用此名为题，
创作四言新诗，旨在表达招揽天下英才的心情。开头八句，
叹息人生苦短，看似低沉消极，实际为后面渴望人才的
急切心情做了铺垫。最后四句是全诗的高潮，直接点出
主题，也是一种升华。这首诗感情真挚，读来激动人心，
韵脚虽多变，却流畅自然，豪迈而深沉，历来是吟诵的
名篇。它与《大风歌》《秋风辞》齐名，堪称帝王诗的杰作。

步出夏门行（选一首）

[东汉] 曹操

东临碣石①，以观沧海。

水何澹澹②，山岛竦峙③。

树木丛生，百草丰茂。

秋风萧瑟④，洪波涌起。

日月之行，若出其中。

星汉⑤灿烂，若出其里。

幸甚至哉，歌以咏志⑥。

注释

①碣石：山名，在河北秦皇岛昌黎城北，临渤海。　②何：多么。澹（dàn）澹：汹涌荡漾。　③竦峙（sǒng zhì）：挺拔耸立。　④萧瑟：秋风悲凉的声音。　⑤星汉：银河。　⑥幸甚至哉，歌以咏志：高兴至极，作诗抒发志向。这两句是乐府曲的例行结尾句。

提示

　　曹操在 207 年率军到辽西打败地方势力乌桓，回师途中经过碣石山，观海之余，写下组诗《步出夏门行》（乐府诗曲名），共四首。此为第一首，以"观沧海"为题。它通过对秋天海景的描写，表达对大海浩大宽广、吞吐万物的赞许，实际上是抒发平定天下、容纳四方的豪情。其中"日月之行，若出其中。星汉灿烂，若出其里"四句，想象十分奇特。日月和银河这样的巨物，都像是从海水出来的，足见大海的心胸有多宽广。诗人以大海自比，可谓雄心不已。

七哀①诗（选一首）

[东汉] 王 粲

西京②乱无象，豺虎方遘患③。

复弃中国④去，委身适荆蛮⑤。

亲戚对我悲，朋友相追攀。

出门无所见，白骨蔽平原。

路有饥妇人，抱子弃草间。

顾闻号泣声⑥，挥涕⑦独不还。

未知身死处，何能两相完⑧？

驱马弃之去，不忍听此言。

南登霸陵⑨岸，回首望长安。

悟彼下泉人⑩，喟然⑪伤心肝。

注 释

①七哀：乐府诗曲名，常表现哀痛伤心之情。　②西京：指长安。东汉末年曾以长安为京城。　③遭患：指董卓等军阀作乱，杀戮百姓。　④中国：指中原一带。　⑤荆蛮：指南方荆州，古人称南方为"蛮"。　⑥顾闻号泣声：回头听见婴儿的哭声。　⑦涕：泪水。　⑧未知身死处，何能两相完：这两句是饥饿的妇人的悲伤自语。　⑨霸陵：西汉汉文帝的陵墓。汉文帝刘恒，汉朝贤君，在位期间，国家稳定繁荣，历史有"文景之治"的评价。　⑩悟彼下泉人：明白写《诗经·下泉》作者的用意。《诗经·下泉》这首诗表达的是对贤王盛世的怀念。　⑪喟（kuì）然：叹息。

 提 示

王粲（177—217），字仲宣，东汉山阳高平（今属山东）人。他自小住在长安，喜好写诗文，远近闻名。后遭遇董卓等军阀混战，社会大动荡，到南方荆州避难，继而投靠曹操，担任官职。王粲的诗多反映社会动荡和民众疾苦，他是"建安七子"（孔融、陈琳、王粲、徐干、阮瑀、应场、刘桢）之一。

《七哀诗》共三首，这里选的是第一首。作品描述诗人在逃往荆州途中，亲眼看到饥饿的妇人抛弃亲生孩子、含泪而去的惨景，使人肝肠寸断。作者无能为力，只好盼望有像汉文帝那样的贤君出现。此诗是反映民间疾苦的名作，历来被世人传诵。尤其是"出门无所见，白骨蔽平原"两句，成为千古名句。

赠从弟①（选一首）

[东汉] 刘桢

亭亭②山上松，瑟瑟③谷中风。

风声一何盛，松枝一何劲④。

冰霜正惨凄，终岁常端正。

岂不罹⑤凝寒？松柏有本性。

注 释

①从弟：堂弟。 ②亭亭：独立挺拔。 ③瑟瑟：风声，寒风凛冽。 ④劲：有力，坚韧。 ⑤罹（lí）：遭受。

提 示

　　刘桢（180—217），字公干，东汉东平（今属山东）人。他是曹操的幕僚，擅长写诗，是当时有名的"建安七子"之一。

　　《赠从弟》是刘桢的代表作，共三首，这里选的是第二首。全诗共八句，前六句写松柏在寒风冰霜之中，长年屹立在高山上。最后两句采用设问的方式，说明松柏不惧严寒，是其本性决定的。此诗明为写松柏，实为写人。刘桢为人正直，虽与曹丕等关系密切，但从不逢迎巴结，曾因多次因顶撞曹操、曹丕父子而受到处罚，性情却始终不改，足见其人性格与诗风相一致。

悲愤诗（节选）

[东汉] 蔡文姬

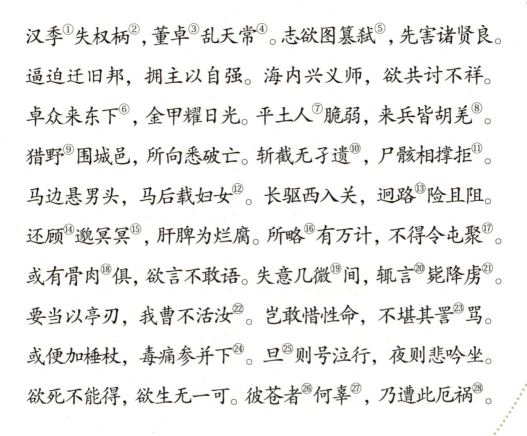

汉季①失权柄②，董卓③乱天常④。志欲图篡弑⑤，先害诸贤良。

逼迫迁旧邦，拥主以自强。海内兴义师，欲共讨不祥。

卓众来东下⑥，金甲耀日光。平土人⑦脆弱，来兵皆胡羌⑧。

猎野⑨围城邑，所向悉破亡。斩截无孑遗⑩，尸骸相撑拒⑪。

马边悬男头，马后载妇女⑫。长驱西入关，迥路⑬险且阻。

还顾⑭邈冥冥⑮，肝脾为烂腐。所略⑯有万计，不得令屯聚⑰。

或有骨肉⑱俱，欲言不敢语。失意几微⑲间，辄言⑳毙降虏㉑。

要当以亭刃，我曹不活汝㉒。岂敢惜性命，不堪其詈㉓骂。

或便加棰杖，毒痛参并下㉔。旦㉕则号泣行，夜则悲吟坐。

欲死不能得，欲生无一可。彼苍者㉖何辜㉗，乃遭此厄祸㉘。

注 释

①汉季：汉朝末年。　②失权柄：指皇帝失去权力。东汉末年，皇权旁落，外戚和宦官专权。　③董卓：汉末军阀，曾废杀少帝，立献帝，强行迁都长安，屠杀官民无数，遭到各地兴义师讨伐，后被王允等设计杀害。　④天常：国家秩序。　⑤篡弑：篡位杀君。　⑥东下：来到东边。　⑦平土人：指中原人。　⑧胡羌：指西北的各部族士兵。　⑨猎野：意指发动战争。　⑩无孑（jié）遗：没有一个生存。孑：单个。　⑪撑拒：支撑。　⑫马边悬男头，马后载妇女：董卓军队曾屠杀平民百姓，把男人的头挂在马车上当战利品，女人被带回分给士兵。　⑬迥路：长路。　⑭还顾：回头望。　⑮邈冥冥：荒远迷茫。　⑯所略：抢掠的人。　⑰屯聚：聚集在一起。　⑱骨肉：指亲友。　⑲几微：悄悄。　⑳辄言：总是说。㉑毙降虏：杀俘虏。　㉒要当以亭刃，我曹不活汝：想挨刀，我们就不让你活！"我曹"即"我们"。　㉓詈（lì）：斥骂。　㉔毒痛参并下：心中恨、身上痛交织在一起。　㉕旦：白天。　㉖彼苍者：天啊！　㉗何辜：有什么罪？　㉘厄祸：灾难、祸殃。

　提 示

　　蔡文姬，名琰，字文姬，东汉陈留（今河南开封）人，生卒年不详。她是蔡邕之女，自小受其父影响，精通诗文、音律、书法，是古代著名女才子。后逢军阀混战，流离失所，被匈奴人俘获，并生有二子。曹操统一北方后，将她赎回，改嫁董祀。

　　蔡文姬的《悲愤诗》有两首。其中的五言长篇叙事诗，讲述了她自己在社会动荡中的悲惨遭遇，真实地记录了董卓等军阀残害百姓的情景，自己在匈奴生活的境况，归汉时与儿女生离死别以及回到汉朝后的凄凉心境。全诗语言朴实无华，情感真切，读来动人心弦。这里选的是开头部分，主要写董卓军队作乱害民和自己被抢掳的情景。因为是纪实手笔，所以读者完全可以结合注释理解内容，诵读自解。

燕歌行（选一首）

[三国] 曹 丕

秋风萧瑟天气凉，草木摇落露为霜。

群燕辞归雁南翔①，念君客游思断肠。

慊慊②思归恋故乡，君为淹留③寄他方？

贱妾茕茕④守空房，忧来思君不敢忘，

不觉泪下沾衣裳。

援琴⑤鸣弦发清商⑥，短歌微吟不能长。

明月皎皎照我床，星汉⑦西流⑧夜未央⑨。

牵牛织女遥相望，尔独何辜⑩限河梁⑪。

注 释

①雁南翔：亦作鹄（天鹅）南翔。大雁入秋后，向南方飞去。

②慊（qiàn）慊：不满足的样子。　③淹留：滞留，停留。

④茕（qióng）茕：孤单。　⑤援琴：弹琴。　⑥清商：

曲调名，音调短促而忧伤。　⑦星汉：银河。　⑧西流：

向西流动。　⑨夜未央：夜深未尽。　⑩何辜：什么原因。

⑪限河梁：被银河阻隔限制。

　　曹丕（187—226），字子桓，东汉三国时期谯县（今
安徽亳州）人，曹操次子。曹操去世后，他迫使汉献帝
退位，建魏国，是魏文帝。曹丕自小喜爱文学，多有创作。
《燕歌行》这首七言诗，是文学史上最早成形完整的一首，
有七言诗的奠基之功。他写的《论文》也是现存首篇文
学批评的文章。

　　《燕歌行》是汉代乐府诗的曲调名。曹丕的此诗共
两首，这是第一首，写妇人思念离乡在外的丈夫。全诗
以妇人的口气，叙述深秋天寒，却不见离家的丈夫回来，
究竟是什么原因啊？她只好独守空房，弹琴吟唱，望着
天空以牛郎织女的命运自比。古代，普通人家的丈夫离
家不归是普遍之事，或是被派去打仗，战死沙场；或是
去服劳役，累死在工地；或是外出经商谋生，没有定向，
等等。这就造成人民生活的不安定和妇女的孤独。古代
诗歌中，写妇人思夫的作品很多。曹丕身为帝王，能以
此为内容，反映普通百姓的痛苦，很难得。此诗用词通俗，
意思通达，没有拿捏之态。每句都入韵，读来音乐感很强。

白马篇

[三国] 曹 植

白马饰金羁①，连翩②西北驰。借问谁家子，幽并③游侠儿。
少小去乡邑，扬声沙漠垂④。宿昔秉⑤良弓，楛矢⑥何参差⑦。
控弦⑧破左的⑨，右发摧月支⑩。仰手接飞猱，俯身散马蹄⑪。
狡捷⑫过猴猿，勇剽⑬若豹螭⑭。边城多警急，虏骑⑮数迁移⑯。
羽檄⑰从北来，厉马⑱登高堤。长驱蹈匈奴，左顾凌鲜卑⑲。
弃身⑳锋刃㉑端，性命安可怀㉒？父母且不顾，何言子与妻？
名编壮士籍㉓，不得中顾私㉔。捐躯赴国难，视死忽如归㉕。

注 释

①金羁: 金色的马笼头。 ②连翩: 骑马飞奔的样子。 ③幽并: 古代幽州、并州, 今北京与河北、山西北部一带。 ④垂: 边陲, 边境。 ⑤秉: 手执。 ⑥楛(hù) 矢: 木箭。 ⑦参差: 长短不齐。 ⑧控弦: 开弓射箭。 ⑨左的: 左边的箭靶。 ⑩月支: 箭靶名。 ⑪飞猱(náo)、马蹄: 这里指箭靶。 ⑫狡捷: 灵活敏捷。 ⑬勇剽(piāo): 勇猛剽悍。 ⑭螭(chī): 传说中像龙的猛兽。 ⑮虏骑: 亦作胡虏, 指入侵的敌人。 ⑯迁移: 地点多变。 ⑰羽檄: 插着羽毛的文书, 表示紧急。 ⑱厉马: 飞身上马。 ⑲蹈、凌: 冲击、打击。匈奴、鲜卑: 古代北方民族。 ⑳弃身: 投身、舍身。 ㉑锋刃: 代指征战。 ㉒性命安可怀: 哪能留恋生命。 ㉓壮士籍: 军士的名册。 ㉔中顾私: 心里想着自己的事。 ㉕视死忽如归: 看待死亡像回到家乡一样。

曹植 (192—232), 字子建, 东汉三国时期谯县 (今安徽亳州) 人, 曹操之子, 曹丕之弟。他自小才华卓著, 心怀大志, 诗文俱佳, 被后人称赞 "才高八斗"。因受曹操重视, 所以遭到曹丕的嫉恨, 多受打击, 中年早逝。但其在文学上成就过人, 是东汉末到三国时期很有成就的赋家和诗人, 所作《洛神赋》影响很大。

《白马篇》是曹植的重要代表作。诗中刻画了一位献身于沙场的战士形象。战士从小就从军离家到边疆, 练就了非凡的骑射武艺, 在战场上杀敌保国。不但如此, 他还有高尚的情怀。诗的最后八句是战士思想境界的生动体现, 历代传诵不已。尤其是 "捐躯赴国难, 视死忽如归" 两句, 已成为千古名言。

七步诗

[三国] 曹植

煮豆持①作羹②，漉③豉④以为汁。

萁⑤在釜⑥下然⑦，豆在釜中泣。

本是同根生，相煎⑧何太急！

注 释

①持：用。 ②羹：糊状食品，如鸡蛋羹。 ③漉（lù）：
过滤。 ④豉：豆豉，豆制食品。 ⑤萁（qí）：豆梗。
⑥釜：锅。 ⑦然：同"燃"。 ⑧煎：煎熬。

提 示

　　《七步诗》流传很广，相传为曹植所作。据古书记载，曹丕当
了皇帝之后，命曹植在七步之内作一首诗，否则就处死他。曹植当
即念出此诗，令曹丕大为惭愧。后来在民间和小说《三国演义》中，
把此诗简化为"煮豆燃豆萁，豆在釜中泣。本是同根生，相煎何太
急。"此诗比喻生动，寓意深刻，也反映了兄弟二人的矛盾，是一
首优秀的短诗。

咏怀（选一首）[三国]阮籍

夜中不能寐，起坐弹鸣琴。

薄帷①鉴②明月，清风吹我襟。

孤鸿③号外野，翔鸟④鸣北林。

徘徊将何见？忧思独伤心。

注释

①薄帷：薄而透亮的帷帐。　②鉴：照。　③孤鸿：孤单的大雁。　④翔鸟：在天空盘旋的鸟。

提示

阮籍（210—263），字嗣宗，三国时期陈留尉氏（今属河南）人。其父阮瑀是"建安七子"之一，他自己在文学创作上也颇有成就。阮籍在魏国做过高官，对司马氏专权不满，但又不敢公开反对，因此内心十分痛苦，常饮酒消愁。所作诗文，多为排遣愤懑、避世自傲的内容。

《咏怀》是阮籍的代表诗作，一共八十二首，都是随性即时所写的五言诗，表达个人志向、心中感慨和对现实的不满情绪，多有杰作，被后世传诵不已。这里选的是第一首，堪称"咏怀"的开端。诗人在夜间不能入睡，坐起弹琴解闷。在明月清风的陪伴下，听孤雁鸟群的鸣叫，心中引起无限忧伤。忧伤什么？他没有说明。这就留下极大的悬念和思考。后面的各首诗使读者体会到了诗人的所思所想，有了答案。阮籍的五言诗，在文学史上有着重要地位，标志着五言诗的完全成熟。

赠秀才入军（选一首）

[三国] 嵇康

乘风高游，远登灵丘①。

托好松乔②，携手俱游。

朝发太华③，夕宿神州④。

弹琴咏诗，聊以忘忧。

注 释

①灵丘：此处指高山仙境。　②松乔：传说中的仙人赤松子、王子乔。　③太华：华山。　④神州：中国的代称。此处指非凡之地。

 提 示

嵇康（223—262），字叔夜，三国时期谯郡铚县（今安徽宿州市西）人。他曾在魏国做官，性情刚直，对专权窃国的司马氏极为不满，失望之余，追求超脱养生之道，后被司马昭找借口杀害。嵇康在诗文创作上颇有成就，尤擅长古琴弹奏，与阮籍等被称为当时文坛的"竹林七贤"。他擅长写四言诗。

《赠秀才入军》是嵇康为其兄嵇喜参军写的送别诗，共十九首，内容除了表现与嵇喜的情感之外，还注入自己对社会和生活的态度。这里选的是第十六首，是一种游仙诗，写作者想离开复杂揪心的现实，脱离凡尘，到心目中的仙境游玩、弹琴、咏诗，过无忧无虑的生活。接着的第十七首："琴诗自乐，远游可珍。含道独往，弃智遗身。寂乎无累，何求于人。长寄灵岳，怡志养神。"讲得更具体。这种心境，是古代读书人不得志时经常有的。但此诗给人胸襟开阔、放眼远方、神游四海的感觉，有清心养神的妙处。

咏史（选一首）

〔西晋〕左思

郁郁涧底松，离离①山上苗②。

以彼径③寸茎，荫④此百尺条⑤。

世胄⑥蹑⑦高位，英俊沉⑧下僚。

地势使之然，由来非一朝。

金张⑨藉⑩旧业⑪，七叶⑫珥⑬汉貂⑭。

冯公⑮岂不伟，白首⑯不见招⑰。

注释

①离离：弯曲、低垂。　②苗：指小树。　③径：直径。
④荫：遮盖。　⑤百尺条：指涧底高大的松树。　⑥世胄：
世家、官宦子弟。　⑦蹑（niè）：踩、登。　⑧沉：下降。
⑨金张：指汉代金日磾、张安世两大家族。　⑩藉：凭借。
⑪旧业：指祖上的功劳。　⑫七叶：七代。　⑬珥：插。
⑭汉貂：汉朝大官帽子上插着貂尾。　⑮冯公：指西汉名
臣冯唐。　⑯白首：头发白了。　⑰招：重用。

左思（约250—305），字太冲，西晋临淄（今属山东）人。他博学多才，笔力深厚，曾写出令"洛阳纸贵"的《三都赋》，诗作也为世人赞叹。但因出身卑微，不善言辞，得不到当权者重视，后返归家乡，专事写作。

　　《咏史》是左思的代表作，共八首，把对历史现象的剖析和当今时事、各人处境相结合而谈，很有见地。这里节选的是第二首，对当时重门第轻人才的"门阀制度"表示不满，并结合历史典故，说明这是一种由来已久的痼疾。诗的前四句以涧下高大松树被山上小树遮挡作比喻，寓意人才被小人压制的现象。第五、六句，则直接说出本意：高官子弟占据高位，有才能的人被埋没。最后用两个典故说明重门第的后果。应该说，金日磾和张安世都是为汉朝做过贡献的官员，但其后代凭借这些，世代为高官，就不正常了。冯唐虽然也被汉文帝重用过，但因其耿直敢言，又被罢官。到武帝时，再次被任用，可他已经年过九十了。左思认为用人要看品能，不要看门第，否则就耽误了真正的英才。

归园田居①（选二首）

[东晋] 陶渊明

少无适俗②韵③，性本爱丘山④。误落尘网⑤中，一去三十年。
羁鸟⑥恋旧林，池鱼⑦思故渊。开荒南野际，守拙⑧归园田。
方宅十余亩，草屋八九间。榆柳荫后檐，桃李罗堂前。
暧暧⑨远人村，依依⑩墟里烟。狗吠深巷中，鸡鸣桑树颠。
户庭无尘杂⑪，虚室⑫有余闲。久在樊笼⑬里，复得返自然。

种豆南山⑭下，草盛豆苗稀。晨兴理荒秽⑮，带月荷锄归。
道狭草木长，夕露沾我衣。衣沾不足惜，但使愿无违。

注 释

①园田居：陶渊明的乡下居所。　②适俗：投合、适应。俗：世俗风气。　③韵：性情。　④丘山：代指自然界。　⑤尘网：代指官场。　⑥羁鸟：关在笼中的鸟。　⑦池鱼：养在池塘的鱼。　⑧守拙：守住正气。　⑨暧（ài）暧：指雾气朦胧。　⑩依依：指炊烟缭绕。　⑪杂尘：指世间杂事。　⑫虚室：安静的屋子。　⑬樊笼：指官场。　⑭南山：指庐山，在今江西。　⑮荒秽：杂草。

 提 示

　　陶渊明（365—427），名潜，字元亮，渊明是别名，东晋浔阳柴桑（今江西九江）人。他做过幕僚、参军一类小官，又当过彭泽县令，因厌烦官场作风，便辞官归家，过耕田自养的生活，是有名的隐士。陶渊明因作《桃花源记》而享名古今，在诗的创作中更是"田园诗"的奠基者，对后世影响巨大。他的田园诗，通俗平实，语言近似口语，生动记录了自己的农耕生活，非后世那些休闲文人的悯农、赏农作品能比。

　　《归园田居》是陶渊明的代表作，共五首，这里选的是第一首和第三首。第一首是写对回归田园生活的向往与想象。从肮脏龌龊的官场退出，想象回到淳朴安静的农村，过起普通农民的生活。靠劳动自养，一切都很新鲜，心情愉快。第三首写劳动的情景。虽然劳累，衣裳被露水打湿，但实现了过田园生活的愿望。这两首诗，宛如一幅色彩淡雅的画卷，勾画出村居和耕田的情景，朴实无华，体现出诗的真正价值，历来为人称道传诵。

移居二首

[东晋] 陶渊明

昔欲居南村，非为卜其宅①。闻多素心人②，乐与数晨夕。
怀此颇有年，今日从兹役③。敝庐④何必广，取足蔽床席⑤。
邻曲⑥时时来，抗言⑦谈在昔⑧。奇文⑨共欣赏，疑义⑩相与析。

春秋多佳日，登高赋新诗。过门更相呼，有酒斟酌之。
农务各自归，闲暇辄相思。相思则披衣，言笑无厌时⑪。
此理将不胜，无为忽去兹⑫。衣食当须纪，力耕不吾欺⑬。

注 释

①卜其宅：古人搬迁新居，先要占卜迁居地风水吉凶，房屋好坏。　②素心人：心地善良朴实的人。　③从兹役：顺从这个心愿。　④敝庐：破旧的房舍。　⑤蔽床席：意指放得下床和席。　⑥邻曲：乡邻，邻居。　⑦抗言：高声谈论。　⑧在昔：往昔，过去的事情。　⑨奇文：奇妙的文章。　⑩疑义：疑难的内容。　⑪"相思"两句：指彼此想念就披上衣服相见，谈笑不倦。　⑫"此理"两句：指这种情趣岂不美好，没必要脱离这种生活。　⑬"衣食"两句：指衣食所用要靠自己劳作取得，努力耕作就不会落空。

　　《移居二首》是陶渊明从园田居搬到南村居住后写的，主要表现和乡邻们来往相处的快乐。第一首写移居南村的理由，不是因为房子好，而是因为这里的人朴实善良，自己愿意和他们相处。邻里们经常来谈论以往，有好诗文一同欣赏分析，令人愉快。第二首写交往的具体情景：秋日一起登高吟诗，路过谁家相互打招呼，把好酒拿出来同饮。有农活时各自回去忙碌，闲下来相互思念时，披上衣服就来相见，有说有笑，从不厌倦。陶渊明显然对这种生活非常留恋，不愿意脱离它。他与乡邻们的交往是平等相待，不分彼此，感情发自肺腑。这与后来有些田园诗表现对农民"居高临下"的同情，有本质的区别。

饮酒

（选一首）[东晋] 陶渊明

结庐①在人境②，而无车马喧。

问君何能尔，心远地自偏③。

采菊东篱④下，悠然⑤见南山。

山气⑥日夕⑦佳，飞鸟相与⑧还。

此中有真意⑨，欲辨已忘言⑩。

注 释

①结庐：建造村舍小房。　②人境：人世间。　③心远地自偏：心离凡尘远，住的地方就偏僻。　④东篱：东边的篱笆。⑤悠然：舒适、自然。　⑥山气：山中景色。　⑦日夕：傍晚时分。　⑧相与：相伴。　⑨真意：真实的乐趣。　⑩忘言：忘了怎么说。

提 示

　　《饮酒》共有二十首，是诗人表达心境的作品，但不是一次写成。这里选的是第一首，表达诗人对田园生活的喜爱。前四句描写居住的环境远离凡尘，实际表达了作者心地高远的思想。接下来的四句描写山花云鸟，景色的和谐美妙，衬托生活的自由。结尾两句含而不露，说其中的乐趣，忘了怎么说，实际是"不必说出来"，由读者去体会。这首诗把客观景色与主观感受融为一体，朴实又真切，意境无穷。

石壁精舍还湖中作

[南北朝]谢灵运

昏旦①变气候②，山水含清晖③。

清晖能娱人，游子憺④忘归。

出谷⑤日尚早，入舟阳已微⑥。

林壑敛暝色，云霞收夕霏⑦。

芰荷⑧迭映蔚，蒲稗⑨相因依。

披拂趋南径，愉悦偃东扉⑩。

虑澹物自轻，意惬理无违⑪。

寄言摄生客⑫，试用此道推⑬。

注 释

①昏旦: 黄昏与早晨。 ②变气候: 天气景色有变化。 ③清晖:
明净的光辉、光泽。 ④憺（dàn）：快乐、舒服。 ⑤出谷:
走出峡谷。 ⑥微：意指天色已晚。 ⑦"林壑"两句：意
为树林山谷笼罩着暮色，黄昏的云彩不再飞动。 ⑧芰（jì）荷:
菱角与荷花。 ⑨蒲稗（bài）：蒲草与稗子。 ⑩"披拂"
两句：拨开野草，走在南面的小路上；高兴地躺在东面的厅里。
⑪"虑澹（dàn）"两句：思虑淡薄，会把身外之物看轻；心
情快乐，就不会违背养生之理。 ⑫摄生客：追求养生的朋友。
⑬此道推: 用这个道理养生。

提示

谢灵运（385—433），名公义，字灵运，小名客儿，东晋到南北朝时阳夏（今河南）人，生于会稽始宁（今属浙江）。他是东晋大家族谢家后代，名将谢玄之孙。因出身于豪门，又世袭爵位，所以生活奢侈。刘宋代晋后，因其地位和待遇下降，极为不满，对当局颇有不服之心，后以谋反罪被杀。谢灵运才气过人，擅长书画，诗作更是独具一格。他的突出贡献是创作了大量山水诗，被公认为古代山水诗的奠基人，对后世有重要影响。

谢灵运喜爱云游各地，每到一处必登山游水，并写诗留念。这首《石壁精舍还湖中作》，是他在祖宅所作，石壁精舍是临湖的书斋。诗中描写了山水、阳光、花草的景色，又注入了个人的体会，发出放情山水以养生的感慨。在谢灵运之前，诗多以抒发情怀、反映社会现象为主，他则以山水风景为题，从而开阔了人们的眼界，为诗的创作打开了广阔的道路。谢灵运的早期山水诗，用词艰深，不大好懂，需要反复诵读，体味其意。

拟行路难（选二首）

[南北朝] 鲍 照

对案不能食①，拔剑击柱长叹息。

丈夫生世会②几时？安能蹀躞③垂羽翼！

弃置④罢官去，还家自休息。

朝出与亲辞，暮还在亲侧。

弄儿床前戏，看妇机中织。

自古圣贤尽贫贱，何况我辈孤且直⑤！

君不见少壮从军去，白首流离⑥不得还。

故乡窅窅⑦日夜隔，音尘断绝阻河关。

朔风萧条白云飞，胡笳⑧哀极边气寒。

听此愁人兮奈何？登山远望得留颜⑨。

将死胡马迹⑩，能见妻子难。

男儿生世坎坷欲何道⑪？绵忧⑫摧仰⑬起长叹。

注释

①对案不能食：面对饭菜吃不下去。案：放食物的小几。 ②会：能有。
③蹀躞（dié xiè）：用小步走路。 ④弃置：丢弃（职位）。 ⑤孤且直：
孤高而且耿直。 ⑥流离：流浪无定所。 ⑦窅（yǎo）窅：遥远。 ⑧胡
笳：北方边地的乐器，音调凄凉。 ⑨得留颜：要保护好容貌。 ⑩胡马迹：
胡马的地方，意指边塞战场之地。胡：古代对北方边地的称呼。 ⑪欲何道：
有什么说的。 ⑫绵忧：连绵不绝的忧伤。 ⑬摧仰：摧残折磨。

提示

鲍照（约412—466），字明远，南北朝时期东海（今江苏涟水）人。
他出身寒门，虽有大志与才学，却得不到施展的机会，只在刘宋朝做过
参军，后在内乱中被杀。鲍照在诗的创作中成就突出，一是写了很多七
言诗和杂言诗，对后来唐代"歌行体"的辉煌起了开拓作用；二是学习
了汉魏南北朝的乐府民歌，丰富了诗的写法和语言表达；三是在诗中直
接反映个人遭遇和社会问题，推动了后世忧国忧民诗的创作。我们从唐
代李白、杜甫等人的诗中，可以看到鲍照诗的影响。

《拟行路难》共有十八首，是鲍照学习乐府民歌的作品，"行路难"
是汉代乐府的曲调名。这里选的是第六首和第十四首。前一首写作者对
自己受压制不得志的愤慨和不屈从强权的意志。面对强权，他宁愿辞官
回家，与父母妻儿欢聚，也不愿意窝窝囊囊、小心翼翼地顺从，要保持
"孤且直"的气节，彰显出大丈夫的豪迈气概。后一首写一个老兵，青
年时被征入伍，直到头发白了还没能回家团聚，只能遥望家乡长叹。为
从军老兵鸣不平，反映无休止战争给普通百姓带来的痛苦，在古代诗歌
中不鲜见，汉代乐府民歌就有名作《十五从军行》。鲍照的这首诗堪称
佳作，内容贴近现实生活，语言通俗晓畅，是诗的主流体现。

代①春日行

〔南北朝〕鲍照

献岁②发，吾将行③。春山茂，春日明。

园中鸟，多嘉声④。梅始发，柳始青。

泛舟舻⑤，齐棹⑥惊。奏采菱⑦，歌鹿鸣⑧。

风微起，波微生。弦亦发，酒亦倾⑨。

入莲池，折桂枝。芳袖动⑩，芬叶披⑪。

两相思，两不知。

注 释

①代：同"拟"，仿作。 ②献岁：即岁首，一年之初。 ③将行：将要出行。 ④嘉声：指鸟的动听叫声。 ⑤舻（lú）：船。 ⑥棹（zhào）：船桨。 ⑦奏采菱：奏响《采菱曲》。《采菱曲》是民间采摘菱角时的对歌。 ⑧歌鹿鸣：唱《鹿鸣》歌。《鹿鸣》是《诗经》里的一篇宴请宾朋的歌。 ⑨弦亦发，酒亦倾：指拨动琴弦，斟满酒杯。 ⑩芳袖动：舞动美丽的衣袖。 ⑪芬叶披：拨开芬芳的荷叶。

 提 示

　　三言诗在古代不多见，鲍照的这首《代春日行》很有名气，堪称三言诗之首。与前面的那两首悲愤情调截然不同，这首诗散发着青春的朝气和快乐的气氛，令人精神焕发。

　　诗中描写初春时节，男女青年相约到野外游玩的情景。天气晴朗，山树繁盛，鸟儿叫，花儿开，树发芽，大家登上游船，一起举桨划动，吹起《采菱曲》，唱起《鹿鸣》歌。微风吹来，水面泛起波纹，琴声响起，举起酒杯，多么快乐。进入荷花池，走进桂花林，舞动衣袖，拨开树叶，尽情玩耍。男女之间相互爱慕，却都不知道对方的心思。这分明像一首古代的青年圆舞曲。有兴趣的读者不妨试着用自由体诗仿作一首。

赠范晔

〔南北朝〕陆凯

折梅①逢驿使②，寄与陇头③人。

江南无所有，聊④赠一枝春⑤。

注 释

①折梅：也作"折花"。　②驿使：古代传送信件的人。
③陇头：即陇山，在今陕西陇县。这里泛指西北一带。
④聊：聊且，姑且。　⑤一枝春：代称梅花。

提 示

　　陆凯，生卒年不详，南北朝时期代郡（在今山西大同北）人，在北魏朝做过地方官，颇受好评。范晔，字蔚宗，是南北朝时期顺阳（今河南）人，刘宋朝在南方为官，以编写《后汉书》著名。后因参与内乱被杀。

　　《赠范晔》是有名的五言小诗，常被后人引用，"一枝春"也成为梅花的代称。但作者和地点显然有出入。诗中写的是从江南往西北寄送梅花，而陆凯在北方做官，范晔住在南方，怎么会是陆凯从江南给在西北的范晔送花呢？于是有人认为应是范晔送花给陆凯，也有人说作者不是南北朝的陆凯，范晔也不是南北朝的，而是另外一个。这都属于猜测。我们姑且不管这些，只就诗本身说，的确是朋友之间表达情意的上品，赠花并配小诗问候，真挚而又雅致脱俗。

游东田①

[南北朝]谢朓

戚戚②苦无悰③，携手④共行乐。

寻云陟累榭，随山望菌阁⑤。

远树暖阡阡⑥，生烟纷漠漠⑦。

鱼戏新荷动，鸟散余花落。

不对芳春酒，还望青山郭⑧。

注 释

①东田：位于今南京钟山脚下，是有名的风景区。　②戚戚：苦闷、伤心。　③悰（cóng）：快乐，好心情。　④携手：意指和朋友相伴出游。　⑤"寻云"两句：追寻彩云登上层层楼台，随着山路眺望灵芝般的亭阁。陟（zhì）：登高。菌：此处指灵芝。菌阁：形如菌状的楼阁。　⑥阡阡：同"芊芊"，意指草木茂盛。　⑦漠漠：弥漫。　⑧"不对"两句：不必去饮酒消愁，望着自然美景更能解忧。　郭：围墙。

　　谢朓（tiǎo）（464—499），字玄晖，
南北朝时期陈郡阳夏（今河南太康）人，生
于江南。他和谢灵运一样，出身于大家族谢
家，从小养尊处优，受到良好教育，文采过
人，并在南齐朝担任高官。后陷入政坛纠纷，
被政敌诬告入狱而死，年仅三十五岁。谢朓
的诗作以山水诗最为有名，他继承了谢灵运
山水诗的优点，但摒除了过分雕琢、晦涩难
懂的毛病，清新高雅，词句奇妙，流畅自然，
对唐代山水诗创作有重要影响，受到后世诗
人的推崇。

　　《游东田》是谢朓的名作，写心情不佳
的时候，约朋友游览东田的情景。全诗十句，
两句一对，中间的三组对仗，十分精致。特
别是"寻云陟累榭，随山望菌阁""鱼戏新
荷动，鸟散余花落"这四句，想象奇特，用
词形象而精练，是名句。结尾两句，照应开头：
到自然界中观赏美景，比饮酒更能排解忧愁。

山中杂诗

〔南北朝〕吴 均

山际①见来烟②，竹中窥落日。
鸟向檐③上飞，云从窗里出。

注 释

①山际：山的尽头。　②烟：云雾。　③檐：屋檐。

提 示

　　吴均（469—520），字叔庠（xiáng），南北朝时期吴兴故鄣（今浙江安吉）人。他出身低微，性情耿直有骨气，曾在南梁朝为官。他善写诗文，又擅长研究历史。吴均的诗，以五言短诗最出色，写景抒情，构思独特，被称为"吴均体"。

　　《山中杂诗》是一首脍炙人口的小诗，写在山中看到的傍晚景色。全诗四句，从字面上看，每句各说各的，山边、竹林、飞鸟、云霞，好像没什么关系，实际上构成了远近高低的立体画面，远处山边云烟流动，近处竹林落日下沉，低处鸟飞在屋檐上，高处楼阁有云彩从窗里飘出来。这画面不是静止的，而是动态的，因为每句里都有动词：来、落、飞、出。读者诵读时，不难体会。

关山月①

南北朝—徐陵

关山②三五月③，客子④忆秦川⑤。

思妇⑥高楼上，当窗⑦应未眠。

星旗⑧映疏勒⑨，云阵⑩上祁连⑪。

战气⑫今如此，从军复⑬几年。

注 释

①关山月：乐府诗的曲题，多写边塞生活与离别之情。　②关山：一般指边地山岭要塞之地，有军人守卫。　③三五月：指农历每月十五的月亮。　④客子：离家在外的人，此处指守边将士。⑤秦川：指秦地平原地区，在今陕西南部一带，客子的故乡。　⑥思妇：指将士的妻子。　⑦当窗：面对窗户。⑧星旗：指军旗、战旗。　⑨疏勒：地名，在今新疆。　⑩云阵：云像兵阵一样排列密布。　⑪祁连：祁连山。　⑫战气：战争气氛。　⑬复：还要。

提示

徐陵（507—583），字孝穆，南北朝时期东海郯县（今属山东）人。他少年时即以博学和才气出名，后担任南朝梁、陈两代官员，有过重要影响，并成为当时的文坛领袖。他的诗早期以描写宫廷生活的"宫体诗"为主，后出使北方时遇战乱受困，在北方滞留多年，诗风有很大转变，多有反映社会和民间真情的作品。

《关山月》是乐府诗的曲题，题目本身就富有诗意。后代诗人以此为题的作品很多，徐陵此诗是比较早的一首。他紧扣诗题，开始就展现出一轮明月照在边关山岭的迷人景色。十五的月亮最圆，最能引起思乡之情，守边的军人就想起了秦川的家。后面六句是写军人心中所想：妻子此刻正站在高楼上，对着窗户遥望边关无法入睡。可是现在战事形势紧张，战争气氛很浓，我不能回去，还要从军好几年。诗到此结束，没有结局。但可以体会到，军人和他的妻子都很失望，读者也为他们感到遗憾。可既然从军，就要献身边防。此诗的意境很高，令人感动，读来上口。写法也不落俗套，而且已经有五言律诗的雏形了。

舟中望月

〔南北朝〕庾信

舟子①夜离家,开舲②望月华。

山明疑有雪,岸白不关沙③。

天汉④看珠蚌⑤,星桥⑥视桂花⑦。

灰飞重晕阙⑧,蓂落独轮斜⑨。

注 释

①舟子:船夫,驾船的人。此处指坐船外出的诗人自己。

②舲(líng):多指有窗的小船。 ③不关沙:与白沙无关。

④天汉:天河,银河。 ⑤珠蚌:月亮的代称。 ⑥星桥:

即鹊桥。传说中牛郎织女每年的七月初七相会,有喜鹊在天

河上搭桥。 ⑦桂花:代指月亮。传说中月亮里有桂树。

⑧灰飞重晕阙:意指"月晕"现象。月晕是月亮周围的光圈。

阙(quē):缺失,指月亮有缺,不是圆月。 ⑨蓂落独轮斜:

意指月亮的朔望圆缺。古人用传说中的仙草蓂荚计算月亮前

后半月的圆缺日期。蓂落指下半月的运行。独轮:代指月亮。

斜(xiá):指月亮斜照。

　　庾信（513—581），字子山，南北朝时期南阳新野（今属河南）人。他原在南朝梁做官，并以诗文闻名，与徐陵齐名。后出使西魏，梁被西魏所灭，便因此留居西魏时北周伐魏被北周扣留，封以"大将军"等要职，地位显赫并受到朝野尊崇。他一直心瞩故乡，却始终未能回去。庾信到北方后，吸收北方文学的优点，形成南北合流的艺术风格，在诗的创作中多有创新，尤其对律诗、绝句和排律的形成，起到了先驱作用，为唐诗的繁荣做出显著贡献。唐代诗人都对他大加赞赏。

　　这首《舟中望月》，不论韵脚、平仄、对仗，都很讲究，已具五言律诗的特点。诗中的舟子在船上望月，第三、四句以山坡与河岸的白和亮，暗示出月光的清明。第五、六句则以奇特形象的比喻，勾画出天上星月的相映成辉。结尾两句，用天文知识，道出缺月斜照的缘由，给读者以充分想象和思考的空间。此诗的艺术价值极高，是庾信的杰作。

送别裴仪同①

〔南北朝〕王褒

河桥②望行旅③，长亭④送故人⑤。

沙飞⑥似军幕⑦，蓬卷⑧若车轮。

边衣⑨苦霜雪，愁貌⑩损风尘。

行路⑪皆兄弟，千里念相亲。

注 释

①裴仪同：本名裴汉，作者在北周时的同僚。"仪同"是官名。　②河桥：河上的桥。　③行旅：远行的人。　④长亭：古代路旁的亭子，十里一长亭，五里一短亭，供行人休息用，也是送行饯别的地方。　⑤故人：即裴仪同。　⑥沙飞：沙土飞扬。　⑦军幕：行军宿营时的帐子。　⑧蓬卷：野草飘荡空中。　⑨边衣：军衣。　⑩愁貌：忧愁的面容。　⑪行路：路上的行人。

提示

　　王褒（约513—576），字子渊，南北朝时期琅琊临沂（今属山东）人。他是东晋士族王家后裔，经历和庾信相似。本在南朝梁担任官职，北朝西魏攻打梁时，随梁元帝投降，相继被西魏、北周委以要职。王褒的诗受北方诗的风格影响，有雄健悲凉之感，对唐代新诗体的形成有很大贡献。

　　这是一首送别诗。裴汉本在北周担任要职，为人正直，却受到排挤，被派到边塞军中。王褒为他送行，写了此诗。前两句交代送行地点和过程，二人一起在桥上远望，又到长亭饯别，表达他们的情谊很深。接下来的四句，描绘了行程的险恶与边塞的艰苦：大风扬起沙尘铺天盖地，像幕帐一样，把人围住；卷起的茅草就像车轮一样飞跑。军衣挡不住塞外霜雪的严寒；忧愁的面容要被风尘损伤。这不是有意夸张，是真情，只有对挚友才这样坦率，让他有心理准备。最后两句是最动情的：路上行人都是你的兄弟，千里之外的我和你心连心。因为王褒本人远离南方故土来到条件艰苦的西北，也是"行路人"，所以他对远行塞外有相同感受，老朋友一定懂得这话的含义。这首送别诗很有名，尤其是"行路皆兄弟，千里念相亲"两句备受称赞，可与唐诗名句"海内存知己，天涯若比邻"相媲美。

人日①思归

[隋]薛道衡

入春②才七日，离家已二年。
人归落雁后③，思发④在花前⑤。

注释

①人日：指农历正月初七。　②入春：古人以正月初一为春始，初七即入春第七天。　③落雁后：指大雁开春后已经飞回北方，而自己还没动身。　④思发：想回乡的念头。⑤花前：春季开花之前。

提示

薛道衡（540—609），字玄卿，南北朝至隋河东汾阴（今山西万荣）人。他先后在北齐、北周和隋朝为官，具有远见和文才，受到隋文帝的重用。后因写文章批评时局，遭隋炀帝嫉恨，还被人参奏，被迫自杀。薛道衡是隋代文坛领袖，但所作多已失传。

《人日思归》虽是五言小诗，但流传很广。作者曾到江南公干，此诗写出了作者思念家乡，盼望回家的心情。前两句写心情迫切，入春刚七天，就已经感到过了两年。北归的大雁已经飞走，自己虽然落在了后面，可回家的心思早在开花之前就有了。此诗朴实无华，却把思乡欲归的心情写得那么迫切，充满了真切温馨的人情味。

送别诗

[隋] 佚名

杨柳青青著地①垂，杨花漫漫搅天飞。

柳条折尽②花飞尽，借问行人③归不归？

注 释

①著地：即着地。　②柳条折尽：古人以柳树作为别离的信物，常折下柳条送给要远行的人。　③行人：指离别远行的亲友。

提 示

　　这首诗是想念远行亲友的作品。"送别"是古代诗歌常见的题材，此诗以杨柳为主体，借以表达对亲人的怀念，新颖别致。"柳条折尽花飞尽"，写得十分巧妙，重复用"尽"字，强调岁月的漫长，说明一年过去了，怎么还不回来呢？从诗体上看，虽是隋代作品，但与七言绝句的要求相符，已经有唐代绝句的模样了。

唐代 前中期

野望

[唐] 王绩

东皋^①薄暮^②望，徙倚^③欲何依。

树树皆秋色，山山唯落晖^④。

牧人驱犊返，猎马带禽归。

相顾无相识，长歌怀采薇^⑤。

注 释

①东皋：皋，水边地。东皋是作者家乡的一个地方。　②薄暮：黄昏之初。　③徙倚（xǐ yǐ）：徘徊。　④落晖：落日余晖。　⑤采薇：词出于《诗经》，原意是采集野菜，后代指归隐或隐遁生活。

提示

　　王绩（约590—644），字无功，号东皋子，隋末唐初绛州龙门（今山西万荣）人。他在隋唐两朝都做过官，后弃职还乡，在东皋隐居。他的诗多以观景饮酒为题材，在早期唐诗中有很大影响。

　　《野望》描写的是东皋的黄昏景色。夕阳西下之际，诗人在水边徘徊，如画风景映入眼帘：树木披上了秋天之色，落日的余晖遍染群山。牧人赶着小牛、猎人策马驮着猎物归来。所见之人相互都不认识，高歌一曲，内心怀着归隐的向往。这首诗通过独立苍茫的意境，写出了诗人独立自由的人格。这是一首五言律诗。一般认为，唐代诗人沈佺期、宋之问对律诗的成形有重要贡献，而早于沈、宋二人六十多年的王绩已经写出了《野望》这样成熟的律诗，韵律讲究，对仗工整又自然，足见他的功夫之深。

赋萧瑀①

[唐]李世民

疾风知劲草,板荡②识诚臣③。

勇夫安识义,智者必怀仁。

注 释

①萧瑀:唐朝初年的重臣,在唐高宗和唐太宗在位期间担任过宰相。 ②板荡:《板》《荡》,原是《诗经·大雅》中的两篇,讥刺周厉王无道而导致国家社会动乱。后以"板荡"代指政局混乱、社会动荡。 ③诚臣:诚实公正的朝臣。

提 示

李世民(599—649),即唐太宗,在位期间,唐朝国力趋于强盛,史称"贞观之治"。他重视文化,喜欢编舞作诗,对唐诗的繁荣起过一定作用。他的一些反映军国大事的诗,写得也不错。

这首《赋萧瑀》是李世民评价大臣萧瑀的诗,流传很广。萧瑀对李世民当太子即皇帝位起过重要作用,对国事能直言不讳,深受唐太宗信任。此诗前两句是说:狂风之下,方能显出小草的坚韧;国家动荡,可看出谁是忠诚之臣。"疾风知劲草"原是东汉光武帝刘秀说过的话,李世民与刘秀有相似的经历,在动乱中冲杀出来,只有对部下十分了解,才能说出这样有分量的话。后两句说只有勇武的人才会懂得忠义,有智慧的人能怀有仁爱之心。这仍然是对萧瑀的称赞。此诗虽是讲政治,但诗意也很浓。

诗一首

〔唐〕王梵志

吾有十亩田，种在南山坡。

青松四五树，绿豆两三窠①。

热即池中浴，凉便岸上歌。

傲游自取足，谁能奈我何？

注 释

①窠：动物的窝。此处同"棵"。

提 示

　　王梵志，唐代卫州黎阳（今属河南）人，生卒年不详，大约生活在隋末唐初年代。他是个僧人，诗作很多，都以当时的白话形式写出，实话实说，诙谐幽默。他的作品多是劝诫人们自给自足，对不良现象也有讽刺揶揄，虽然被当权者讥讽为俗气，但在民间影响十分广泛。他的诗都没有题目，随意而作。如以下两首："梵志翻着袜，人皆道是错。乍可刺你眼，不可隐我脚。""他人骑大马，我独跨驴子。回顾担柴汉，心下较些子。"

　　这首诗明白易懂，说依靠自己的劳动养活自己，自食其力，行动自由，心安理得。这对当时好逸恶劳、坐享其成、欺诈百姓的贵族子弟来说，是极大的蔑视。王梵志的诗，使我们看到了唐诗的丰富多彩，它涵盖各阶层，也反映了各类人的思想情趣。

于易水送人一绝①

[唐]骆宾王

此地别燕丹②，壮士③发冲冠。
昔时人已没④，今日水犹寒。

注释

①易水：在今河北西部，发源于易县。 ②燕丹：指战国时期燕国太子丹。 ③壮士：指荆轲。他与太子丹在易水分别，去刺杀秦王嬴政。 ④没（mò）：不在，离世。

提示

骆宾王（约619—687），字观光，唐代婺州义乌（今浙江义乌）人。他自幼聪慧，所作一首《咏鹅》使他出名很早："鹅鹅鹅，曲项向天歌。白毛浮绿水，红掌拨清波。"后成为"初唐四杰"之一。他痛恨武则天企图代唐自立，任用酷吏和面首实行恐怖统治，后随徐敬业在扬州起兵讨伐武则天，并写出檄文，兵败后下落不明。其诗多悲愤之词，慷慨激昂。

这首诗是作者在易水送别友人时的即兴之作。前两句回忆往事。荆轲受燕国太子丹拜托，到秦国刺杀秦王并献身，是一段悲壮的历史。荆轲所唱的"风萧萧兮易水寒，壮士一去兮不复还"一直在民间流传。后两句表示自己的志愿。荆轲献身了，可易水还是那样寒气逼人，悲壮的行动没有完结。言外之意就是作者准备为反对暴政捐躯。此诗表明作者的义愤不可遏制，已下定最大的决心。从诗的创作讲，这首诗用典故和景物道出心中所想，含蓄中透着激荡，诗句具有音乐美，是绝句中的精品。

风

唐 李峤

解落^①三秋叶^②，能开二月^③花。
过江千尺浪，入竹万竿斜^④。

注 释

①解落：吹落。 ②三秋：七月称孟秋，八月称仲秋，九月称季秋，合称"三秋"。这里的"三秋"应指农历九月。 ③二月：指早春。 ④斜：此处古音读 xiá。

提 示

　　李峤（约 645—714），字巨山，唐代赵州赞皇（今河北赞皇）人。他少年成名，后当过宰相，在武则天时期很有权势，也是写文章高手，他的诗多为咏物之作。咏物诗容易流于形式，缺少情感，所以他的诗虽多，影响却不大。但这首《风》，写法独特，流传很广。

　　秋叶落，春花开，江浪翻滚，竹子倾斜，无不是风之所为。风是无形的，人们只能透过有形之物的变化感觉到起风了。诗中所用的几个动词：解、开、过、入、斜，都是在描写风的形态。如描写风穿过竹林时，成片的竹子随之倾斜，非常贴切传神。此诗写风，但全篇没有提到"风"字，很符合"无形"的特点，且有"诗谜"的情趣。四句中，两两对仗，读来轻松上口。

送杜少府①之任蜀州②

[唐]王勃

城阙辅三秦③，风烟望五津④。

与君离别意，同是宦游⑤人。

海内⑥存知己，天涯若比邻。

无为⑦在歧路⑧，儿女⑨共沾巾。

注释

①杜少府：作者的朋友，姓名不详。"少府"是官称，即县尉。 ②蜀州：在今四川崇州。 ③城阙：城墙与宫殿，这里指唐代的首都长安。辅：护持，拱卫。三秦：泛指当时长安附近的关中之地。秦汉时项羽曾把关中地区分为雍、塞、翟三个诸侯国，史称"三秦"。 ④风烟：意为云雾迷茫。五津：四川岷江古有五大渡口：白华津、万里津、江首津、涉头津、江南津，合称"五津"。此处代指蜀州。 ⑤宦游：在外地做官。 ⑥海内：四海之内，即全国各地。 ⑦无为：不必，无须。 ⑧歧路：岔路。古人送行常在大陆分岔处分别。 ⑨儿女：青年男女。

 提 示

　　王勃（约650—676），字子安，唐代绛州龙门（今
山西河津）人。他少年时就才华出众，科考成名，
担任官职。其诗文俱佳，多表现个人情感，对改
变当时的浮华诗风起到很大作用，与卢照邻、骆
宾王、杨炯并称"初唐四杰"。后到南方探望父亲，
渡海时不慎落水，受惊而亡，年仅二十六岁。

　　这首诗是王勃的一首送别诗。前两句通过写
意的手法点出了送别之地与朋友即将前往之地，
展现了三秦、五津的壮阔景象，气势宏大，先声
夺人。第三、四句写诗人与友人有着相同的宦游
经历，彼此情谊深厚。第五、六句是全诗重心，
写诗人如何看待离别，宽慰自己亦是宽慰友人。"海
内存知己，天涯若比邻"如今已经成为中国人表
示情谊的首选名句。结尾两句是高潮过后的平静，
既然是知己、比邻，在岔路口分别之际，就无须
像那些青年男女一般伤心流泪。全诗开阔的视野
和心境，传达出诗人博大的胸襟与高远的见地。

滕王阁①诗

[唐]王勃

滕王高阁临江渚②，佩玉鸣鸾③罢歌舞。

画栋④朝飞南浦云⑤，珠帘暮卷西山⑥雨。

闲云潭影⑦日悠悠⑧，物换星移⑨几度秋。

阁中帝子⑩今安在？槛⑪外长江空自流。

注 释

①滕王阁：江南名楼，唐高祖李渊之子滕王李元婴任洪州都督时所建。故址在今江西南昌的赣江之滨。　②渚：水中的小块陆地。　③鸾：通"銮"，装配于车、马、刀等物之上的铃铛。④画栋：绘有图画的房屋正梁。　⑤南浦：地名，在今南昌市西南。　⑥西山：位于今江西南昌。　⑦闲云潭影：白云在水中的倒影。　⑧悠悠：悠闲无拘束。　⑨物换星移：意为景物变换，时间推移。　⑩帝子：指滕王。　⑪槛（jiàn）：栏杆。

提 示

唐高宗上元三年（676），诗人去交趾探望父亲，路上经过洪州（今江西南昌），参加阎都督开办的宴会，即席创作了《滕王阁序》以及本诗。这也是他人生的最后一年。

这首诗概括了《滕王阁序》的内容。诗中前两句便展现出滕王阁的气势：高高屹立于赣江之畔，昔日曾伴着玉佩、鸣鸾之声来到阁上赴宴的滕王与宾客们早已不在世间，热闹华丽的歌舞场面一去不复返。第三、四句的对仗，描写阁上的风光：南浦游云穿行在栋梁之间，西山雨丝打湿了阁上珠帘，由此可以想见滕王阁之高耸。第五、六句将眼前景象与遐想连在一起：云悠闲地飘过，在水面上投以倒影，物换星移，岁岁年年就这样过去了。结尾两句发出感叹：当年的滕王不在了，我们如今只能看见栏杆之外的长江径自流淌不息。后句的景物描写实际上是回答了前面的一问：即使身份多么显赫的人，也只是无尽时间长河中一个短暂的生命而已。王勃的这首诗同样显示出他高远的见识和过人的艺术构思。尤其是结尾处的对仗写法很新颖，为律诗的创作提供了经验。

从军行①

[唐]杨炯

烽火照西京②，心中自不平。

牙璋③辞凤阙④，铁骑⑤绕龙城⑥。

雪暗凋⑦旗画，风多杂鼓声。

宁为百夫长⑧，胜作一书生。

注 释

①从军行：汉乐府的旧题，多写军旅生活。　②西京：即长安，今天的西安。　③牙璋：古代发兵用的兵符，分为两块，相合处呈牙状，朝廷和主帅各执一半。　④凤阙：皇宫。汉建章宫的圆阙上有金凤，故以凤阙指皇宫。　⑤铁骑：指唐军骑兵。　⑥龙城：汉代匈奴人祭天之处，此处指匈奴聚集的地方。⑦凋：凋落、衰败。这里形容军旗在漫天飞雪中暗淡模糊的样子。　⑧百夫长：统率百人的头领，泛指下级军官。

提 示

　　杨炯（约650—693），唐代华阴（今属陕西）人。他自幼聪明博学，十岁就已经崭露头角，后在朝廷做文官，因讥讽官场虚伪作风被贬职。所作诗歌很有雄健气势，对扭转当时的靡丽诗风有积极作用，与王勃、卢照邻、骆宾王并称"初唐四杰"。

　　这首《从军行》，写一个书生去边塞从军前后的所见所感。"烽火照西京"，烽火这一战争信号所带来的威胁感、紧迫感通过"照"字精准地传达了出来。"心中自不平"表达出诗人面对战事迫在眉睫时的心情。"牙璋辞凤阙"，将帅执兵符向朝廷告辞，带领唐军浩浩荡荡离开皇宫。紧接着，"铁骑绕龙城"，唐军骑兵已将匈奴所在之地团团包围。这一联上下句把两个场景接连在一起，使人感到战争的紧迫、紧张。第五、六句写出大雪遮天蔽日，暗淡了战旗，呼啸的风声与隆隆的战鼓声交织在一起，分别从视觉和听觉上描绘出战争进行时严酷、激烈的境况。书生被这一切情景所震撼，在最后两句发出感叹：有志男儿要到前线建功立业，宁可当个献身沙场的小军官，也比当读书人强。这实际上是作者的想法。读书人和军人各有各的长处，都是健全社会所必需的人才。但是作者这么说，和当时的社会缺少阳刚之气有关。

感遇三十八首（选一首）［唐］陈子昂

本为贵公子，平生实爱才。

感时思报国，拔剑起蒿莱①。

西驰丁零②塞，北上单于③台。

登山见千里，怀古心悠哉。

谁言未忘祸④，磨灭⑤成尘埃。

注 释

①蒿莱：指草野，意为民间。　②丁零：又作"丁灵""丁令"，古代北方部族，游牧于中原北部和西北部。　③单于：匈奴最高首领的称号。单于台故址在今内蒙古呼和浩特西。④祸：指当时东突厥的入侵。　⑤磨灭：消失。

提 示

陈子昂（约 659—700），字伯玉，唐代梓州射洪（今四川射洪）人。他早年习武行侠，为人仗义乐助，后学诗文作诗也卓有成就。曾在武则天时期入朝为官，敢于批评时弊，并两次随军出征，对作战多有己见，也因此为权势不容。他在父亲病故居家守孝时，被权臣武三思指使射洪县令罗织罪名，入狱而死，年仅四旬有余。陈子昂的诗，深沉苍劲，意境高远，一改当时靡丽习气。他是唐代诗风革新运动的先驱。

陈子昂的《感遇》诗，一共三十八首，都是即事之作。这里选的是第三十五首，写的是作者当年随军征战的感受。前六句写自己的抱负和军旅生涯：本是一个富家子弟，先学武后习文，成为有用的人才。受时局召唤立志为国家出力，以一个民间人士从军报国，驰骋疆场，西征北战。"登山见千里，怀古心悠哉"是他登上高山，眺望千里古战场，心有所想。他一定是想到了外敌入侵给百姓带来的灾难，想到了多少将士为杀敌报国而流血献身。最后两句吐露了愤慨之言：谁说没有忘记以往的灾难？过去的教训早已经被时光磨灭成尘土了。陈子昂曾经上书朝廷，希望重视边地的安全，反击入侵。作者忧国忧民、报效国家的思想，在诗中得到了生动体现。

登幽州台① 歌

[唐] 陈子昂

前不见古人，后不见来者。

念天地之悠悠②，独怆然③而涕④下。

注释

①幽州台：又称蓟北楼，在今北京大兴。幽州：古十二州之一，在今北京一带。　②悠悠：广大、长久。

③怆然：悲痛忧伤。　④涕：眼泪。

提示

《登幽州台歌》是陈子昂的代表作，写于696年。当时契丹人攻陷营州（今辽宁），武则天委派武攸宜率军征讨。陈子昂担任参谋，随同出征。武攸宜不懂战术，招致兵败，陈子昂提出建议，武攸宜不但拒绝，还把他降职为军曹。诗人报国之心落空，遂登上蓟北楼，慷慨悲吟，写下了这首《登幽州台歌》。诗的前两句慨叹古代和当代难寻能礼贤下士、重用能臣的贤明君主。后两句是看到天地的广阔悠久、苍茫无际，映衬着自身的渺小又无助，极度失望的心越发感到凄凉悲怆，禁不住泪如雨下。全诗意境大气苍茫，感人肺腑。诗的前两句每句五个字，后两句每句六个字，在写法上也是独创。

咏柳

[唐]贺知章

碧玉^①妆成一树高，万条垂下绿丝绦^②。

不知细叶谁裁出，二月^③春风似剪刀。

注 释

①碧玉：绿色美玉，此处比喻柳叶。　②丝绦（tāo）：用丝线编织成的带子。此处指柳条。　③二月：农历二月，初春。

提 示

贺知章（659—744），字季真，号四明狂客，唐代越州永兴（今浙江萧山）人。年少时以文辞知名，书法也有成就。后在朝廷担任要职数十年，是很有影响的文坛大家。性情豪放，好饮酒交友。晚年因病还乡，当了道士。

贺知章的诗留下来的不多，却很有名。这首《咏柳》堪称咏柳诗中最脍炙人口的作品。初春的柳树像是扮上了碧色的妆容，垂下宛如绿丝带的枝条。柳叶纤细精致，不知出自谁的精心裁剪？原来是那如剪刀般的二月春风。柳条柳叶是美的，而造就它们的春风才是"裁剪大师"。最后一句是全诗的点睛之笔，"春风如剪"已成为千古名言。

回乡偶书二首

[唐] 贺知章

少小离乡老大回，乡音无改鬓毛衰①。

儿童相见不相识，笑问客从何处来。

离别家乡岁月多，近来人事半消磨②。

惟有门前镜湖③水，春风不改旧时波。

注 释

①鬓毛衰：两鬓的头发疏落苍白。　②人事半消磨：指家乡的人与事很多都不在了，淡忘了。　③镜湖：位于今浙江省绍兴会稽山的北麓。

提 示

　　744年，已经八十六岁的贺知章辞去官职，返回故乡。他已经阔别家乡五十多年，乡音未改，而返乡之人已不再年少。面对孩子的"不相识"和"笑问"，不知鬓发斑白的诗人心情是怎样的？他会如何作答？诗人非常直观地描写出一种"物是人非"的情境，其中饱含着五味杂陈的情感。第二首诗的主题与感情基调显然延续了第一首，而诗人的感触越发深沉了。时光迁流不息，曾经熟悉的人与事渐渐逝去。相形之下，那门前的镜湖仍然是镜湖，春风拂过，湖中的波浪一如既往地涌动着。这两首诗实情实写，毫无夸张，朴实自然，是一位饱经沧桑的诗人于平淡中显功力的杰作。

春江花月夜

[唐] 张若虚

春江潮水连海平，海上明月共潮生。

滟滟①随波千万里，何处春江无月明。

江流宛转绕芳甸②，月照花林皆似霰③。

空里流霜④不觉飞，汀⑤上白沙看不见。

江天一色无纤尘，皎皎空中孤月轮。

江畔何人初见月？江月何年初照人？

人生代代无穷已⑥，江月年年只相似。

不知江月待何人，但见长江送流水。

白云一片去悠悠，青枫浦⑦上不胜愁。

谁家今夜扁舟子⑧？何处相思明月楼⑨？

可怜楼上月徘徊，应照离人妆镜台。

玉户⑩帘中卷不去，捣衣砧⑪上拂还来。

此时相望不相闻⑫，愿逐月华⑬流照君。

鸿雁⑭长飞光不度，鱼龙⑮潜跃水成文⑯。

昨夜闲潭⑰梦落花，可怜春半不还家。

江水流春去欲尽，江潭落月复西斜。

斜月沉沉藏海雾，碣石⑱潇湘⑲无限路。

不知乘月⑳几人归，落月摇情㉑满江树。

注释

①滟（yàn）滟：水波摇动的样子。　②芳甸：遍生花草的原野。　③霰（xiàn）：小雪珠，多在下雪前降下。　④空里流霜：意为月光在夜空中像流动的白霜。　⑤汀（tīng）：水边或水中的平地。　⑥穷已：尽头。　⑦青枫浦（pǔ）：地名。这里指江畔离别之地。　⑧扁舟子：指船行外出的游子，即女子的丈夫。扁舟即小船。　⑨明月楼：指古代女子的闺楼。　⑩玉户：用玉石装饰的楼阁。⑪捣衣砧（zhēn）：即捣衣石。古人洗衣服把衣服放在石上，用木杵反复捶击，使之柔软，这个过程就是"捣衣"。　⑫相闻：互通音信。　⑬月华：月光。⑭鸿雁：大雁。古有大雁传书故事，后以"鸿雁"指代书信。　⑮鱼龙：泛指水中动物。　⑯文：同"纹"。　⑰闲潭：平静的水潭。　⑱碣石：山名，在今河北海边。　⑲潇湘：湘江、潇水的并称，在今湖南。这里泛指两地相距遥远。⑳乘月：趁月光。　㉑摇情：意为满载着、牵动着。

张若虚（约660—720），唐代扬州（今属江苏）人。曾在兖州为官，与贺知章等多有交往。他的诗作留存至今的只有两首，其中一首就是这首千古传诵的《春江花月夜》。

《春江花月夜》本是乐府诗的传统曲题，题下作品很多，但都不引人注意。唯有张若虚的这首紧扣题目的诗成为上品，以至于人们往往把《春江花月夜》看作他的首创。诗中的"江"和"月"是最引人注意也是出现频率最高的两个字眼。可以说，整首诗的意境，都是从这两个字中流淌出来。全诗内容可分三层。从首句到"皎皎空中孤月轮"这十句，主要写景致。在诗人笔下，春天夜晚的江水与浪潮、生长着花草的原野、开花的树林，以及那遍布空间的月光，融合为绝美的画面。从"江畔何人初见月"到"但见长江送流水"的六句，是诗人由眼前景生发出对人生、对时间的思索，富有哲理性。从"白云一片去悠悠"到最后一句，主要是写思妇的离情别绪。她在月光下，思念着远在他乡的游子，盼望他早日归来。但春光流逝，月光渐渐淡去，仍不见游子归来，只好把希望寄托给落月。

这是一首散文式的抒情诗，诗人用平易流畅、充满美感的语言将春、江、花、月、夜构成一个美妙、辽阔、宏伟的意境，思妇也是这意境中的一环，为全诗增添了生活色彩。全诗把景物、哲理和情感融为一体，又超出了一般写景抒情的程式化写法，使人在思考中加深理解，获得美的享受。无怪乎有人认为它是"诗中之诗"了。

望月怀远

〔唐〕张九龄

海上生明月，天涯共此时。

情人怨遥夜①，竟夕②起相思。

灭烛怜光满，披衣③觉露滋④。

不堪⑤盈手⑥赠，还寝⑦梦佳期。

注 释

①遥夜：漫漫长夜。　②竟夕：通宵。　③披衣：表示出户。

④露滋：露水打湿。　⑤不堪：不能够。　⑥盈手：满手。

⑦还寝：回来睡觉。

提 示

张九龄（678—740），字子寿，唐代韶州曲江（今广东韶关）人。他在唐玄宗时期做过宰相，是很有作为、品德服众的官员，后受到奸臣李林甫的诬陷，被贬职到荆州。他的诗气势宏大，清正不俗。

《望月怀远》在众多的赏月诗中独树一帜。乍看起来，容易从"情人""相思""佳期"这些词上理解为写男女相恋之情，细读后才感觉并非如此。首句"海上生明月，天涯共此时"就铺展出一派壮观开阔的景象，将视线一下子扩展到更广阔的空间：普天之下的人们，不论此时身处何方，都能看到这轮当空的明月，同时经历当下的时光。接下来的画面转到"情人"那里。"情人"指感情深厚的友人，这里指思念着别人的人，即诗人自己。为什么会埋怨夜晚太漫长呢？因为彻夜惦念着远方的友人。熄灭蜡烛后，那遍布四处的月光真让人怜爱。披上衣服走到屋外，能感觉到露水的湿润和凉意。这两句描写出夜不能寐的实情实景。"不堪盈手赠"一句借用了西晋诗人陆机所写的"揽之不盈手"，是在描绘月光。月光照满全手，而手中是空无一物的，也就不能赠送友人。结尾一句：还是睡觉去，在梦中会见友人。此诗抒发的情感远远超出了男女之情，表达了对远方朋友的思念。也有人认为是在抒发理想，怀念开明政治。从张九龄的身世看，这种说法也有些道理。

登鹳雀楼①

［唐］王之涣

白日依山尽，黄河入海流。
欲穷千里目，更上一层楼。

注 释

①鹳雀楼：又名鹳鹊楼，旧址在山西蒲州（今山西永济县，唐时为河中府）的西南处，俯瞰黄河。

提 示

王之涣（688—742），字季凌，唐代晋阳（今山西太原）人。他文采出众，为人豪放不羁，常击剑悲歌，做过县尉，以清白著称。擅长写边塞诗，虽只存世六首，但《登鹳雀楼》《凉州词》两首被千古传诵，成为唐诗的代表作品。

《登鹳雀楼》这首诗朗朗上口，家喻户晓。开头两句，用"依山尽""入海流"将太阳和黄河雄阔浩大的场面和苍茫雄伟的气势展现在眼前。后两句是写所想。写出诗人无止境探求的愿望。要想看到更远的千里奇景，唯一的办法就是站得更高些。全诗用的都是朴素字眼，既有实写，又有虚写，这就超出了目下所见，揭示了非常简单却又发人深思的道理：要想有更大的收获，就要站得高些，看得远些。为什么后人都把"更上一层楼"作为催人进取的金句，奥妙就在这里。

黄河远上白云间，一片孤城万仞②山。

羌笛③何须怨杨柳④，春风不度玉门关⑤。

凉州词①

[唐] 王之涣

注释

①凉州词：又称《凉州歌》《凉州曲》，是乐府曲名，多反映边塞军旅生活。古凉州在今甘肃武威。　②仞：古代的长度单位，一仞相当于七八尺。　③羌笛：羌族的一种管乐器。古羌族主要分布在今天的甘肃、青海、四川地区。　④杨柳：古有《折杨柳》曲以及折柳赠别的风俗。　⑤玉门关：汉武帝在位时设置，因西域人输入玉石取道于此而得名。故址在今甘肃敦煌西北小方盘城，后移至今安西双塔堡附近。

提示

　　《登鹳雀楼》是从上游往下游看黄河流向大海，这首《凉州词》是从下游往上游看。黄河发源于青藏高原，自西向东流，地势走向是西高东低。从中原往西走，看黄河上游仿佛就像进入白云之间。李白的名句"黄河之水天上来"也是这个意思。这一句从由近及远的视角，表现黄河源远流长的气势。诗人王之涣的开阔视野又一次展现出来。第二句的"一片"与"万仞"对照，描绘出群山的绵延不绝和孤城的荒凉。孤城是指戍边的城堡。有戍边的城堡，便有戍边的将士。将士们吹羌笛娱乐便是自然的事。那么羌笛为何会"怨"杨柳呢？"杨柳"在这里是指一首叫作《折杨柳》的古代歌曲，在唐代，折柳枝赠送离乡之人的风俗十分流行。如今羌笛吹出这支曲子，就引起了将士们的思乡愁绪，"怨杨柳"其实是"怨离别"。"何须"二字有安慰劝解的意思。看那玉门关外，茫茫边塞，风大气寒，是春风吹不到的地方。春风吹不到，杨柳也难得一见了。这里将《折杨柳》的曲名和杨柳树结合起来，一语双关，把戍边的艰苦和将士的心境委婉地表达出来，给人以苍凉但不消沉的感觉。

凉州词（选一首）

[唐] 王翰

葡萄美酒夜光杯①，欲饮琵琶②马上催。

醉卧沙场③君莫笑，古来征战几人回。

注 释

①夜光杯：用白玉制成的酒杯，夜间可以发光。　②琵琶：弹拨乐器，常在古代军中使用。　③沙场：战场。

提 示

　　王翰，字子羽，生卒年不详，大约生活在武则天到唐玄宗时期，并州晋阳（今山西太原）人。他在地方做过官，后因行为狂放，直言敢谏被贬。其诗多写边塞生活和饮宴之乐，但流传下来的不多。

　　王翰的这首《凉州词》与王之涣的《凉州词》都是描写西北战士戍边的诗。诗的第一句点出环境气氛，军人们在举杯畅饮葡萄美酒。第二句的节拍有变，歧义也较多。有说是琵琶声响起，催人集合出征；有说是在马上弹奏琵琶以助酒兴；也有说"马上"是古曲名。从此诗后两句的意思看，第二种讲法较为合理通顺。因为这是一首写战地饮宴的诗，所以气氛是欢乐不拘的。如果刚饮酒就要出征打仗了，怎么还有后面的"醉卧沙场"呢？第三句是在对外人（包括读者）解释，请不要笑话军人们饮酒醉倒在沙场吧，他们是要出征打仗的士兵，自古以来有多少人能回来？言外之意是让他们开怀畅饮吧！这里面有苦涩的情绪，更多的是战士们出征前为国捐躯意识的壮烈豪迈。

　　王翰的《凉州词》有两首，这里选的是第一首。第二首是："秦中花鸟已应阑，塞外风沙犹自寒。夜听胡笳折杨柳，教人意气忆长安。"

过故人庄

[唐]孟浩然

故人^①具鸡黍^②，邀我至田家。

绿树村边合，青山郭^③外斜。

开轩^④面场圃^⑤，把酒^⑥话桑麻^⑦。

待到重阳日，还来就^⑧菊花。

注 释

①故人：老友。 ②鸡黍：鸡肉和黄米饭，这里泛指饭菜。 ③郭：外城墙。 ④轩：窗户。 ⑤场圃：场，晒、打粮食的平坦场地。圃，种蔬菜瓜果花木的园子。 ⑥把酒：饮酒。 ⑦桑麻：指农事。 ⑧就：此处意为"看""赏"。

提 示

　　孟浩然（约689—740），唐代襄州襄阳（今湖北襄阳）人。他早年隐居在襄阳城东南的鹿门山，后科举不中，被张九龄招为幕僚，不久回归故里。一生与诗为伴，以写山水田园诗见长，与王维并称"王孟"。诗中多反映隐逸和交游生活，格调淡雅无奇，清新自然。

　　《过故人庄》是孟浩然田园诗的代表作。第一、二两句写友人准备了饭菜邀"我"来村里家中做客。第三、四句说来到村外，见绿树环绕，青山映衬，令人愉快。第五、六句说进了屋子打开窗子，开阔的场院和菜地近在眼前，和友人悠闲地对酌，聊着农事，何等惬意。诗人高兴，和友人约定：待重阳节时，还要再来赏菊花。全诗简单平实，没有波澜，语如白话。主客之间随意无客套。普通人生活的情趣在其中得到展现。

宿建德江①

[唐]孟浩然

移舟泊②烟渚③，日暮客愁新。
野旷④天低树⑤，江清月近人。

注 释

①建德江：建德是古县名，在今浙江。新安江流经建德的一段叫建德江。　②泊：停船靠岸。③渚：水中的小块陆地。　④野旷：一望无际的旷野。　⑤天低树：意为天比树低。

提 示

　　小舟缓缓停泊在烟雾笼罩的小岛岸边，天越发黑了，本来就漂泊他乡的游客心中又增加了一层愁绪。空旷的原野上，云团低沉，似乎压在了树顶上，好像比树还低。清澈的江水托出的朗朗明月，仿佛近在眼前。烟渚、野旷、江水、明月，呈现出一派清冷的气氛，烘托出旅人倍感孤寂的心情。至于他因何发愁，可以从作者为找出路四处奔波的经历中找到答案。孟浩然善于从日常景色中寻找诗意，表达心情，这首诗就体现在此。

春晓

[唐] 孟浩然

春眠不觉晓，处处闻啼鸟。

夜来风雨声，花落知多少。

提示

　　这是一首描写春天意境、老少皆知的名诗。温暖舒适的春日，人睡得深沉，不觉已经天亮。鸟儿们的叫声此起彼伏。一夜的风雨交加，想来不知落了多少春花。诗人由睡意深沉、鸟的啼鸣、风雨声和花朵飘落这几个侧面点染出鸟语花香的春天的气氛，使读者感觉到了春天的魅力。作者对春天的热爱之情也就感染了读者。

古意①

[唐]李颀

男儿事长征②，少小幽燕③客。

赌胜④马蹄下，由来轻七尺⑤。

杀人莫敢前⑥，须如猬毛磔⑦。

黄云⑧陇⑨底白云飞，未得报恩⑩不得归。

辽东小妇⑪年十五，惯弹琵琶解歌舞⑫。

今为羌笛出塞声⑬，使我三军泪如雨。

注 释

①古意：拟古诗，即仿古代诗意作的诗。　②事长征：从事征战行动。　③幽燕：北方幽州是古燕国所在，在今河北北部及辽宁南部。这一带多游侠之士。　④赌胜：战场上争高下。⑤轻七尺：轻视生命，不计生死。七尺：身躯。　⑥莫敢前：指敌人不敢靠近。　⑦磔（zhé）：张开。　⑧黄云：指战场上飞起的尘土。　⑨陇：山坡。　⑩报恩：指立功报效国家。⑪辽东小妇：劳军的歌女。　⑫解歌舞：会唱歌跳舞。　⑬出塞声：指用羌笛吹守边曲。

提 示

　　李颀（qí）（690—751），唐代颍阳（今河南登封）人，祖籍在今河北赵县。他曾经隐居十年苦读，考中进士，担任地方官多年，后弃官隐居。为人豁达开朗，喜作边塞诗，风格豪放，善于刻画人物，七言歌行很有特色，时有创新，是边塞诗的重要作家之一。

　　《古意》是一首五言转七言歌行，写法很独特，内容也不同寻常。五言部分塑造了一个来自幽燕的骁勇善战的健儿形象。他少年时就从军征战。在战场上纵马驰骋，不顾生死，须发竖立，英勇杀敌，使敌人不敢近前。诗人抓住这一点来表现少年血脉偾张之态，将人物描写得那么传神。"黄云陇底白云飞，未得报恩不得归"这一七言句是过渡句，道出健儿心中所想：不立功报国就不想着回家的事。接下去画面却一换：一位能歌善舞的小姑娘忽然跃出，她为将士们弹琵琶演歌舞，气氛由杀气腾腾变得欢快轻松。紧接着，羌笛的出塞声吹响起来。羌笛之声，悠扬呜咽，吹的又是塞外曲调，悲凉动人，一下子就把将士们藏在内心的柔情挑动起来。这柔情包括思乡情、亲友情，也包括对美好生活的向往，三军将士也包括了那位幽燕健儿。"男儿有泪不轻弹，只因未到伤心处"，一个有血有肉的战士形象被完整地塑造出来。李颀运用"变奏"的方法，把人物刻画得活灵活现。

次①北固山②下

[唐]王湾

客路③青山下，行舟绿水前。

潮平④两岸阔，风正⑤一帆悬。

海日⑥生残夜⑦，江春⑧入旧年⑨。

乡书⑩何处达？归雁⑪洛阳边。

注释

①次：停留，停泊。　②北固山：在今江苏镇江北，三面临长江，形势险固，故称"北固"，有"京口第一山"之称。　③客路：来往客人走的路。　④潮平：潮水上涨与江岸齐平。　⑤风正：顺风。　⑥海日：从海平线升起的太阳。　⑦残夜：天亮之前的夜空。　⑧江春：江南的春意。　⑨旧年：即将过去的一年。⑩乡书：家书，写给家人的信。　⑪归雁：北归的大雁。大雁秋天南飞，春天北飞，传说能传递书信。

提 示

　　王湾（约693—751），唐代洛阳（今河南洛阳）人，做过地方官吏，参与过集部的编撰辑集工作。他在唐代众多的诗人当中不算很出名，《全唐诗》中只收录了他的十首诗。但这首《次北固山下》五言律诗，历来受到赞扬，是脍炙人口的作品。

　　这首诗写诗人乘船到北固山下时的所见所感。"客路"是相对"故里"而言，指诗人离开故乡后走的路。"潮平"两句写潮水上涨使两边江岸显得开阔。"风正"说明风是顺风而且是平缓的，所以船帆才能静静地"悬"在那里。"正"和"悬"这两个字用得很精准。"海日"两句写夜色还没完全退去，太阳已经露出了霞光；时光还在头年末尾，江南已经有了春天的气息。这两句历来被广为传诵。此时此刻，自然惦念故乡，就有了要"鸿雁传书"的想法。

　　此诗也叫《江南意》，还有另外一个版本："南国多新意，东行伺早天。潮平两岸失，风正数帆悬。海日生残夜，江春入旧年。从来观气象，惟向此中偏。"

从军行①七首（选三首）

[唐] 王昌龄

琵琶起舞换新声，总是关山②旧别情。
撩乱边愁听不尽，高高秋月照长城。

青海③长云暗雪山④，孤城遥望玉门关⑤。
黄沙百战穿金甲⑥，不破楼兰⑦终不还。

大漠风尘日色昏，红旗半卷出辕门⑧。
前军夜战洮河⑨北，已报生擒吐谷浑⑩。

注释

①从军行：乐府旧题，内容多写军队作战之事。 ②关山：关口险山。也指《关山月》，古曲名，其曲为伤别之意。 ③青海：指青海湖，在今青海省东北部。 ④雪山：指今祁连山，在河西走廊的南面。 ⑤玉门关：汉武帝时置，为通往西域各地的门户。 ⑥金甲：战衣，用金属制的铠甲。 ⑦楼兰：汉代西域国名，这里泛指当时侵犯西北边疆的敌人。 ⑧辕门：领兵将帅的营门。 ⑨洮（táo）河：在今甘肃西南部，是黄河上游的支流。 ⑩吐谷浑（tǔ yù hún）：古部族的首领。本居辽东，西晋时率领部下移至甘肃、青海一带，后以吐谷浑为国名。这里代指侵扰边境的敌军头领。

提 示

王昌龄（约 698—756），字少伯，唐代晋阳（今山西太原）人。他年轻时胸怀大志，曾随军到西北，亲历战事，写下多篇边塞诗，流传很广。后担任地方官员，因性情豪放不羁而两次被贬。安史之乱时，在回归故里的途中被亳州刺史杀害。王昌龄除善写边塞诗之外，还写了很多反映后宫生活的"宫词"，尤其擅长七绝，有"七绝圣手"之称。

《从军行》是作者在军中边塞生活时所作，共七首，都是守边将士的真实写照。这里选的是第二、四、五首。第二首最有意境，写的是军中平时生活的一个场面，即歌舞娱乐。琵琶是古代军中必有的乐器，其声清亮，表现力很强。弹奏琵琶的人奏出了新鲜的曲调，可乐曲勾起的情绪依然是不变的，即戍边之人思念家乡的忧愁。这些搅起心中愁绪的曲子，似乎听也听不完，但是大家仍然愿意听。最后一句点出当时的环境：秋天的明月当空，照耀着蜿蜒巍峨的长城。诗歌往往是先写景后抒情，这首诗却倒过来，先抒情，后写景。景是空的静的，情是动的活的，这就把军旅生活的孤寂和乐趣生动地表现出来：在明月当空、四周安静的军营中，军人们在苦中取乐，听琵琶解忧愁。这是感人的场面，令人起敬。

另外两首比较直观，是写将士奋勇杀敌的情景。前一首写行军：青海湖云带遮天；雪山阴沉沉的；玉门关，戈壁滩上的孤城。黄沙扑面，铠甲被穿透，这都说明征战的艰苦卓绝，但将士们发出了"不破楼兰终不还"的誓言，整首诗的格调得到了升华。后一首写战斗。诗里没有正面的描写，而是突出了战斗气氛：无边的荒漠中，狂风卷起的沙尘遮天蔽日，一片灰蒙蒙的景象。将士手中的红旗无法展开，只得半卷着。这时候从前方传来捷报，先头部队在昨夜的"夜战"中获胜，已经生擒敌军头领。这样的描述，没有亲身经历是写不出来的。这些带有风沙气息的句子，充满豪迈的诗情画意。王昌龄的军旅诗，堪称一绝。

出塞①两首（选一首）〔唐〕王昌龄

秦时明月汉时关，
万里长征人未还。
但使②龙城③飞将④在，
不教胡马⑤度阴山⑥。

注释

①出塞：乐府诗旧题。　②但使：只要。　③龙城：亦作"卢城"。　④飞将：指汉武帝时的镇边将领李广，被匈奴人称为"飞将军"。　⑤胡马：指敌人的军队。　⑥阴山：昆仑山的北支。古代游牧部落多在阴山北部放牧。

　　《出塞》有两首，这是第一首。此诗流传很广，是王昌龄最有名的边塞诗。很多学者认为它在唐诗七绝中当列第一。头一句就不同凡响，把时空推向了近千年以前。因为在边塞地区修筑关口是从秦汉时期开始的，而"关"和"月"又是边塞诗常用的字眼。《关山月》就是著名的乐府曲。诗人把"秦""汉"与"月""关"联系在一起，采用了互文的方式，说明边塞的战争早在秦汉时期就开始了。这种把乐曲和历史结合的写法很新颖。第二句"万里长征人未还"交代战争的残酷性，将士们长征万里，为国献身，再没有回来。前两句回顾以往的诗句告诉人们：边塞的战争自古就有，给人民带来了长久的灾难。第三、四句则道出了人民的愿望：只要有飞将军那样的军人守卫边塞，就能让敌人不敢前来进犯，免除战祸。"飞将军"李广，是汉代杰出将领，武艺高强，足智多谋，他在镇守右北平郡（今河北喜峰口一带）的时候，屡战屡胜，匈奴人称其为"飞将军"，多年不敢进犯右。此诗巧妙地表达了作者对英雄将士的敬意，对消除战乱的期盼。

　　这里的一个疑点是"龙城"，它指的是何处？历史上的龙城是匈奴人祭天的地方，在今蒙古国地界，而李广没有到过那里。曾经奇袭龙城的是汉朝大将军卫青，所以有人据此认为"飞将"指的是卫青。北宋学者王安石则把"龙城"改为"卢城"，因为李广镇守的右北平郡的治所在"卢龙城"。后人也有这么改的。又有人觉得这样改不妥，认为"龙城"只是个象征性的说法，取其雄伟之意，不是地理名词。总之，意见不一致。本书仍用"龙城"，但把不同意见列出，供参考。

芙蓉楼①送辛渐②（选一首）

[唐]王昌龄

寒雨连江夜入吴③，平明④送客楚山⑤孤。

洛阳亲友如相问，一片冰心在玉壶。

注 释

①芙蓉楼：原名西北楼，遗址在润州（今江苏镇江）西北，登临可以俯瞰长江。　②辛渐：作者的好友，当时要离开润州，到洛阳去。　③吴：今江苏南部，古时属吴地。　④平明：天亮。　⑤楚山：古时吴、楚两地相接，镇江一带也称楚地，其附近的山也可叫楚山。

提 示

　　这是一组两首的送别诗的第一首。王昌龄为人开朗，言不避人，难免有得罪人的时候。后来就因此受人排挤遭到诬告，被贬到江宁降了级。江宁就是今天的南京。辛渐是他的朋友，拟由润州渡江，取道扬州，去往洛阳。王昌龄陪他从江宁到润州，为他送行。这首诗就是写在江边送别的情景。

　　全诗的中心在最后一句。前两句是做环境与心情的铺垫。夜色中，吴地下起了雨。冰冷的雨丝和江面连成了一片。天刚亮的时候送别友人，感到不舍和凄凉，眼前的山看起来也孤零零的。第三句是过渡。诗人在洛阳有很多亲友，他告诉辛渐："你回到洛阳，如果我的亲友问我怎么样，请告诉他们，我'一片冰心在玉壶'。"玉，高贵晶莹，历来是高尚气节的象征。纯净透亮的冰装在玉壶之中，意味着从里到外都是洁净的，无瑕的。诗人在受到诬陷、人生处在低谷时，坚信自己的无辜，也坚守自己的节操，不向权势低头，宁为玉碎不为瓦全。"冰心在玉壶"，自此成为节操自守的代名词。

九月九日①忆山东兄弟②

[唐] 王维

独在异乡为异客，
每逢佳节倍思亲。
遥知兄弟登高处，
遍插茱萸③少一人。

注释

①九月九日：农历重阳节。　②山东兄弟：作者家乡在华山以东，故称"山东兄弟"。　③茱萸（zhū yú）：又名越椒，是一种有香气的植物，可入药。古代重阳节时，有佩戴茱萸囊的习俗，祛邪辟恶。

提示

　　王维（701—761），字摩诘，号摩诘居士，唐代河东蒲州（今山西永济）人。他自小聪明过人，能诗会画，通晓音律，后参加科举中状元，名声大振，官位累升。因在安史之乱时被迫出任伪职，所以过后被唐朝处分降级。他晚年居住在终南山和辋川别墅，过着半隐居的生活，吃斋念佛，作诗崇尚"空静"，人称"诗佛"。王维的诗题材广泛，以山水田园诗闻名，淡雅情深，有"诗中有画"的赞誉。他与孟浩然并称"王孟"，是唐诗山水田园诗派的代表作家之一。

　　这首《九月九日忆山东兄弟》是王维十七岁时的作品，也是他最为后人称道的一首诗。其内容一读便知，是思念亲人的。当时王维正在长安求取功名，远离家乡，所以是"独在异乡为异客"。恰逢重阳节到来，本应举家团圆的节日，自己却一人在外。"每逢佳节倍思亲"，道出了古今人们的心声，这句诗也就变成了大众的口头语。后面两句转到了想象中的另一方：兄弟们也对自己不在家感到遗憾，大家正在登高采茱萸，佩茱萸囊，可惜少了一人，就是自己。这就把思亲之情扩大到了双方，而不是作者"单相思"。从写作上说，这种以己推人的想念，也避免了单调。王维的很多诗都透露着人情味。如《相思》："红豆生南国，春来发几枝。劝君多采撷，此物最相思。"

送元二①使安西②

[唐]王维

渭城③朝雨浥④轻尘，客舍青青柳色新。

劝君更尽一杯酒，西出阳关⑤无故人。

注 释

①元二：王维的朋友。　②安西：唐朝安西都护府的简称，治所在龟兹城（今属新疆）。　③渭城：秦朝咸阳故城，在长安西面，渭水的北岸。　④浥（yì）：湿润。　⑤阳关：处于河西走廊尽西头，和它北面的玉门关相对，汉至唐代，一直是内地出向西域的通道。

提 示

　　这是一首送别诗。王维在诗里同样表达了对亲友的情感。元二要到安西出差。安西地处西域，离内地遥远，那里天气干燥，沙石遍地，自然环境恶劣。这是一次路途远、时间久、条件差的差事。送别又常常伴随着彼此不舍的忧伤，但作者没有渲染这些，而是营造了轻快的气氛：他到渭城为朋友送行，清晨的一场雨冲洗了浮尘，空气变得清新爽洁；初春的柳叶让屋舍也染上了青色，充满了诗情画意。后两句直接写友情。饮酒是中国人交流感情的一种表现方式。和友人分别时畅饮本是寻常之事，但对于将要远行的人而言，临别对酌，时光更是格外珍贵。所有的祝福和深情，都化在"再饮一杯"的劝慰之中。结尾一句是对朋友说的，也是作者内心独白：出了阳关就是西域，难得再遇上老朋友了，所以才"劝君更尽一杯酒"。

使至塞上①

[唐]王维

单车欲问边②，属国③过居延④。

征蓬⑤出汉塞，归雁⑥入胡天。

大漠孤烟直，长河落日圆。

萧关⑦逢候骑⑧，都护⑨在燕然⑩。

注 释

①使至塞上：出使到塞上。塞上：泛指边塞之地。737 年，唐玄宗命王维以监察御史身份到塞外前线劳军，视察军情。
②单车：轻车。意为随从很少，简便而行。问边：慰问守边将士。　③属国：汉朝称负责外交事务的官员为"典属国"，这里借用来指自己使者的身份。　④居延：地名，在今甘肃张掖西北部。　⑤征蓬：随风飘动的蓬草。多用来比喻在外的游子，此处指充当使臣的作者。　⑥归雁：北飞的大雁。
⑦萧关：古关名，故址有的说在今宁夏固原东南，有的说在今甘肃环县西北。　⑧候骑：侦察骑兵。　⑨都护：唐代边疆设有都护府，其长官称"都护"，这里指前敌统帅。
⑩燕然：燕然山，又名杭爱山，在今蒙古国境内。东汉大将军窦宪曾在此击败匈奴，并刻碑留念。此处代指边防前线。

提 示

　　这首以"大漠孤烟直，长河落日圆"两句闻名的诗，是王维"诗中有画"的代表作之一。诗的前四句和最后两句叙述出使塞外的经过，容易写得平淡乏味，但其中用了多个典故和比喻，以"征蓬""归雁"自比，使诗句就有了动感和历史渊源，耐人琢磨。"出汉塞""入胡天"这几个字，已经把读者带入了塞外的广阔天地。

　　王维写诗非常注重诗所呈现的画面。"大漠孤烟直，长河落日圆"就是一幅画。"大漠"指的是一望无际的沙石地。凡是到过古玉门关的人都会知道那是多么令人震撼：除了沙石以外，地上别无他物，远处的烽火台的烟柱就成了唯一的景观，它毫无遮挡地直入天空。"孤烟直"写得恰到好处。长河指的是黄河。夕阳西下，会使人伤感，这里用"圆"来形容，使它变得可爱可亲。竖线、横线和圆点组成了非凡景色。"孤""直""落""圆"四字的使用是诗人精心设计的，把塞外风光的豁朗雄浑完美地刻画出来，达到了非它不可的地步。小说《红楼梦》中香菱提到这两句的时候就说，"直""圆"两字看似平常，可让人像见了这景一样，想再找两个字来换，竟再也找不出来。唐朝的制度，烽火台在早晨和入夜时必须点火，以报平安，不然就意味着有敌情。所以诗中的这一句，也说明边塞平安无事。

山居秋暝①

[唐] 王维

空山②新雨后，天气晚来秋。

明月松间照，清泉石上流。

竹喧③归浣④女，莲动⑤下渔舟。

随意春芳歇⑥，王孙⑦自可留。

注释

①暝（míng）：日落、黄昏时候。　②空山：指空旷的山野。
③竹喧：指竹林中喧哗之声。　④浣（huàn）：在河边洗
衣服。　⑤莲动：摇动的莲花。　⑥春芳歇：指春天景色消
失。　⑦王孙：原指贵族子弟，后成为隐士的代词。

　　在王维的写景诗里，这一首是比较有特色的。写这首诗的时候，作者已经开始了半隐居生活，到山中居住。诗里写的就是山林景色。

　　第一、二句点出了时间和地点是晚秋雨后的山中，居所周围空旷无人。第三、四句写自然景观，一轮明月照亮了松树林，一股清泉流动在青石之间。这是人们经常见到的山中景致，被作者如画的诗句写出，就有了灵性。第五、六句转而写人间活动，赋予空山以生命力。竹林里传来喧笑声，洗衣女子们正在返回家中；荷花摇动着，是打鱼人的船经过那里。前面说"空山"，这里又有人在活动，说明作者也在动，从居所来到了热闹地方。最后两句好像与前面的景物没什么关系，这是诗人自己的思维跳跃，他看见眼前的美景和民间情趣，想到来此处隐居，是做对了。"随意春芳歇，王孙自可留"，这是对古诗名句的反用。汉代楚辞《招隐士》里，有"王孙游兮不归，春草生兮萋萋""王孙兮归来，山中兮不可久留"的诗句，意思是说，山中春色已经消失，隐士们还没回来；隐士们回来吧，山中不可久留。王维借用此句却反着写道：春天消失就随它去，隐士可以留在山中。这表明他隐居的决心已定，只是说得很有艺术性。

辋川①集

（选二首）〔唐〕王维

鹿柴②

空山不见人，但闻人语响。

返景③入深林，复照青苔上。

竹里馆

独坐幽篁④里，弹琴复长啸⑤。

深林人不知，明月来相照。

注 释

①辋川：水名，在今陕西蓝田，源自秦岭。王维在此购建了别墅。
②鹿柴（zhài）：辋川的地名，景致之一。 ③返景（yǐng）：
落日的回光。唐徐坚《初学记》："日西落，光反照于东，谓
之返景。" ④幽篁（huáng）：幽静的竹林。屈原《楚辞·九
歌·山鬼》："余处幽篁兮终不见天。" ⑤长啸：口中发出
悠长的声音。魏晋时期的人常用这种方式抒情。

提 示

　　王维为什么要隐居？一是王维生活的年代佛教繁兴，他也受到影响，追求避世；二是因为看不惯官场庸俗虚伪、钩心斗角的习气，要脱离此境求清闲。他后期的诗常以"空""静"为中心，就是这种思想的反映。他在辋川写了很多景物诗，其中就有《辋川集》二十首，都是五言绝句。这里选了两首。《鹿柴》一开头就说"空山不见人"，可又能听到周围有人说话。静中有动，与鸦雀无声不同，有生活气息。王维喜用"空"字，如"空山新雨后""夜坐空林寂""夜静春山空"等，"空"字写出山中的安静，远离人世间的嘈杂。第三、四句写看到的景色：夕阳的金光直射入深林，又照在绿茸茸的苔藓上。幽暗中见到微弱的阳光，同样衬托出"静"的环境。全诗短短四句，画面、声音、光线、颜色全点到为止。读诗的人可以尽情想象那如画的意境。

　　《竹里馆》写诗人独自坐在深密幽暗的竹林间，拨着琴弦，时而引颈长啸。四下幽静，无人打扰，只有明月投来光亮。"来相照"有一点调皮的意趣，仿佛明月是通人情的，洒下月光来陪伴诗人。王维的"空""静"在此表现得极为生动。但他的这种"空""静"只是文人的自我清高而已，实际上他没有决心脱离凡尘，一直处于半隐半官的状态。

116

田园乐

（选二首）〔唐〕王维

萋萋①春草秋绿，落落②长松夏寒。

牛羊自归村巷，童稚③不识衣冠④。

桃红复含宿雨⑤，柳绿更带朝烟。

花落家童未扫，莺啼山客⑥犹眠。

注 释

①萋萋：草木茂盛的样子。　②落落：树很高的样子。
③童稚：小孩。　④衣冠：官员的穿戴。　⑤宿（xiǔ）雨：
昨夜下的雨。　⑥山客：山间隐居的人，指作者自己。

提 示

《田园乐》又名《辋川六言》，共七首，是王维居住
在辋川时创作的六言诗。这里选的是第四首和第六首，也
是描写田园生活的诗。前一首写从春到秋，小草由嫩绿转
为翠绿；松树常青，下有浓荫，在炎炎夏日给人带来清凉。
牛羊自在地回到村子，小孩不知穿戴着眼前这种衣冠的人
（即作者）是什么人。乡村的生活，一切都是那么自然淳
朴。后一首同样先写景色，桃花含着夜雨的水珠，柳绿笼
罩在晨雾之中，落花缤纷，莺啼婉转，一片田园风光。而
"家童未扫""山客犹眠"，说明诗人和他的仆人还在睡
梦中，悠闲的日子好不快活。六言诗在诗歌里不多见，王
维的作品十分出色。

如果我们拿王维的田园诗与田园诗的开创者陶渊明的
作品相比较，可以看出其间的差别很明显。陶渊明也是因
为厌恶官场习气而隐居的，但他回到家乡当了一个普通农
民，与乡邻们一样，住茅草房，每天下田种地，一起饮酒
交谈，写的诗真实地反映了农村艰苦生活与自己的理想。
王维则是以官员文人的身份住到乡间，以局外人的眼光从
远处看农村农民，或欣赏或怜悯。他的田园诗虽然写得很
美，但是没有真正反映农村生活，与王维齐名的孟浩然也
是如此。

燕歌行①

[唐] 高 适

汉家②烟尘③在东北，汉将④辞家破残贼⑤。

男儿本自重横行⑥，天子非常赐颜色⑦。

摐⑧金伐鼓下榆关⑨，旌旆⑩逶迤碣石⑪间。

校尉⑫羽书⑬飞瀚海⑭，单于猎火⑮照狼山⑯。

山川萧条极边土⑰，胡骑凭陵⑱杂风雨。

战士军前半死生，美人帐下犹歌舞。

大漠穷秋⑲塞草腓⑳，孤城落日斗兵稀。

身当恩遇常轻敌㉑，力尽关山未解围㉒。

铁衣㉓远戍辛勤久，玉箸㉔应啼别离后。

少妇城南㉕欲断肠，征人蓟北㉖空回首。

边庭飘飖㉗那可度㉘，绝域㉙苍茫更何有。

杀气三时㉚作阵云㉛，寒声一夜传刁斗㉜。

相看白刃㉝血纷纷，死节㉞从来岂顾勋㉟？
君不见沙场征战苦，至今犹忆李将军㊱！

注 释

①燕歌行：乐府旧题。内容多与边地征战有关，或写思妇怀念征人之情。　②汉家：汉朝，这里借指唐朝。　③烟尘：代指战争。　④汉将：代指唐军将士。　⑤残贼：敌军。　⑥横行：指在征战中所向无敌。　⑦非常赐颜色：破格给予赏赐奖励。　⑧枞（chuāng）：击打。枞金伐鼓，即鸣金击鼓，表示出征。　⑨榆关：又称临渝关，在今河北东北部一带，是唐朝军事防区。后山海关也称榆关。⑩旌旆（jīng pèi）：旌旗。军中杆顶饰有五彩羽毛的旗。⑪碣石：碣石山在今河北秦皇岛，此处代指前线。　⑫校尉：军官，此处泛指武将。　⑬羽书：插上鸟毛需要迅速传递的军事文书，又称羽檄。　⑭瀚海：大沙漠。这里是指东北边境的荒漠地带。　⑮猎火：围猎之火，此处借称游牧民族侵扰的战火。　⑯狼山：位于今内蒙古中部，阴山山脉的一部分。此处代指战场。　⑰边土：边界的土地。⑱凭陵：依仗势力而凶猛。　⑲穷秋：深秋。　⑳腓（féi）：通"痱"，这里指衰萎。　㉑恩遇：皇帝的恩惠。常轻敌：亦作恒轻敌。　㉒未解围：没能冲出敌人的围困。　㉓铁衣：铠甲。此处代指士兵。　㉔玉箸（zhù）：玉石筷子，常用来指女子的眼泪。　㉕城南：原指长安城南，住宅区，代指士兵家属。　㉖蓟北：蓟州，在今河北北部。此处代指前方战场。　㉗飘飖：即"飘摇"，指局势动荡不安。㉘那可度：意为不能去。　㉙绝域：极远的地方。　㉚三时：指晨、午、晚，即从早到夜。　㉛阵云：浓重厚积形似战阵的云，古人以为战争之兆。　㉜刁斗：军中的铜锅，也用来巡更。　㉝白刃：兵器。　㉞死节：为国献身的节操。㉟岂顾勋：哪能想着功勋。　㊱李将军：汉代名将李广。

提 示

高适（约 700—765），字达夫，渤海蓨（tiáo，今河北景县）人。他早年穷困失意，后客游河西做了名将哥舒翰的助手，从此发达，直做到了节度使等高官，受封渤海县侯。高适中年时才开始写诗，主要写边塞军旅诗，反映前线战事，对士兵苦难也有同情，雄浑中带有悲凉。他是唐诗中边塞诗的代表作家之一，与岑参并称"高岑"。

《燕歌行》是高适的名诗，历来被看作唐代边塞诗的代表作。这首诗描写了唐代戍边将士的一些真实情况。因为全诗内容丰富，跳跃性很大，所以要想真正读懂这首诗，相关的史实是绕不开的。下面简要介绍一下有关的背景：唐朝的幽州节度使张守珪是有名的将领，多次对敌取胜立功，也因此产生骄傲轻敌思想。738 年（开元二十六年），张守珪命部下攻敌，因将领轻敌，不能体恤士兵，所以最终失利，很多士兵白白牺牲。事后，张守珪竟然隐藏真相，虚报战功。高适得知此事，气愤之余，写下了这首诗。诗中没有正面描写与敌战斗的场面，而是通过若干情景，揭露将领腐败无能、任意驱使士兵的行径，赞扬了士兵为国捐躯的精神和勇气。

全诗共有二十八句。从首句到"单于猎火照狼山"这八句，主要写战事紧急，将士出征。其中"重横行"与"赐颜色"，看似是写将领勇猛善战、皇帝对其倍加赏识，实则是为讽刺埋下伏笔。接下来的八句写战败的经过，由于没有做好准备，孤军作战，虽死战仍未能突围，导致失利。"战士军前半死生，美人帐下犹歌舞"这两句，是说前方将领任凭士兵战死，自己在军营观看美女歌舞。这是对无能腐败将领的揭露和谴责。第三个八句是写士兵的苦难。他们远离家乡很久，妻子盼夫不能归，以泪洗面，而丈夫只能空对家乡。战地空空，他们只能看到不尽的战火，还有夜间的打更声。最后四句写死战和心愿。战士们为了国家，决心拼死一搏，面对血肉纷飞，只想尽节，哪顾得什么建功立业！他们最大的愿望是有汉朝李广那样的将军带领大家打胜仗。"至今犹忆李将军"作为结尾句，表达了士兵的愿望，也是作者的愿望，同时也是对无能腐败将领的讽刺。

蓟门行（选二首）

[唐] 高 适

蓟门①逢古老②，独立思氛氲③。

一身既零丁④，头鬓白纷纷。

勋庸⑤今已矣，不识霍将军⑥。

黯黯⑦长城外，日没更烟尘⑧。

胡骑⑨虽凭陵⑩，汉兵不顾身。

古树⑪满空塞⑫，黄云⑬愁杀人。

注 释

①蓟门：泛指今北京一带，唐朝时军事重地。　②古老：意为老兵。　③思氛氲（yūn）：意为沉思，想心事。　④零丁：孤单无亲。　⑤勋庸：功劳。　⑥霍将军：汉武帝时期征讨匈奴的名将。此处代指有功将士。　⑦黯黯：暗淡无光。⑧烟尘：指战火。　⑨胡骑：敌人的骑兵。　⑩凭陵：依仗势力而凶猛。　⑪古树：枯树。　⑫空塞：空旷的原野。⑬黄云：指战场扬起的灰尘。

提 示

　　《蓟门行》是作者写的战场见闻，共五首，都是六句一首，真实地反映了前线的士兵生活和战斗场面。这里选的是第一首和第五首。第一首写一个老兵头发都白了，在战斗之余陷入沉思。他在想什么？诗里没说，但读者可想而知。这位老兵为国奋战一生，还不能回家，至今孤单一人。诗人对他充满同情，但也无能为力。只好说，功劳都是过去的了，如今谁还记得霍将军呢？这明显是为老兵鸣不平。第五首写战斗场面。战场上尘土飞扬，日光暗淡。虽然敌人凭借军力而凶猛无比，但我军将士更是奋不顾身。可见这场战斗多么激烈。这样的诗是很难得的。高适为将士们，特别是为普通士兵作诗，说明他很有正义感。

塞上听吹笛

[唐]高适

雪净胡天①牧马还，月明羌笛戍楼②间。

借问梅花何处落③，风吹一夜满关山④。

注释

①胡天：指胡人居住的地区。　②戍楼：边防驻军的瞭望楼。　③梅花落（lào）：汉乐府的曲调。后为笛子的传统曲子，久传不衰。　④关山：关隘山岭。

提示

高适擅写古体诗，但他写的很多绝句也受人喜爱。如《别董大》，是送别友人的七绝，充满了真情和暖意："千里黄云白日曛，北风吹雁雪纷纷。莫愁前路无知己，天下谁人不识君。"

这首《塞上听吹笛》绝句，也是一首很有情调的好诗。第一句，如果单从景色描写的角度来看，是指一场雪后，天空澄净，军中战士牧马归来。"牧马"，在古代常特指胡骑、胡兵，即游牧民族。"牧马还"也可以指胡兵退去。如此来看，这一句不仅写景，同时也写出战事暂时平息后，安静安宁的气氛。这是边塞少有的情景。第二句也印证了这一点：月光中，军中瞭望楼中有人吹起了羌笛，吹的是人们最熟悉的《梅花落》。这正是和平的征象。第三、四句巧妙地将《梅花落》这个曲名还原为真实的花名，明写梅花随风飘满关口山岭，实写笛声悠扬，传遍了山野城关。一语双关，声色情景互为衬托。

静夜思

[唐]李白

床①前明月光，疑②是地上霜。
举头望明月③，低头思故乡。

注 释

①床：卧具。亦说是"窗"。 ②疑：以为。
③望明月：亦作"望山月"。

提 示

李白（701—762），字太白，号青莲居士。生于唐代碎叶（今吉尔吉斯斯坦北部托克马克附近），后迁居绵州昌隆青莲乡（在今四川江油）。他少有大志，才情过人，性格豪放，二十五岁离开蜀地，长期在各地漫游求职，后任唐玄宗文学侍从，因得罪权贵，所以被赐金放还。安史之乱时，曾做永王李璘的幕僚，李璘被宣布为叛国者后，李白因受牵连而被流放夜郎，遇大赦才得返回。762 年卒于当涂（今安徽马鞍山）。李白是唐代最负盛名的大诗人，与杜甫创造了唐诗的巅峰。他的诗多描写大自然壮美雄奇的意象，表现自由奔放、怀才不遇、傲视权贵的复杂情感。

《静夜思》是李白年轻时的作品。他离家在外游历，自然想念故乡。他喜欢观月，诗作中有很多以"月"为题材，在家乡的时候就写过《峨眉山月歌》。如今独自在外地寓所看到照在床前的月光时，开始以为是一地的白霜，但很快就意识到那是月光。抬头仰望，立刻想到了家乡挂在山头的明月，继而想到家乡的山水和亲人，不觉低下头来陷入沉思。这是人人都会有的情感，诗人信手拈来，如实写下，自然成篇。

这样的一首连小孩子都能听懂的诗，出自唐代最有名的诗人之手，就说明了唐诗能为后世人长久喜爱的原因。有人以为，诗写得越深奥，写得别人看不懂，才能显示自己的水平高。这是错误的。能把深刻的思想用浅显的语言表达出来，让人们理解，这才是真正的高水平。我们从许多唐诗的名作中都能看到这个特点。

黄鹤楼①送孟浩然之广陵②

[唐]李白

故人③西辞④黄鹤楼，

烟花三月⑤下扬州。

孤帆远影碧空⑥尽，

唯见长江天际流⑦。

注释

①黄鹤楼：故址在今湖北武汉市蛇山的黄鹄矶头。相传始建于三国吴国时期。历代屡毁屡建。1985年在今址重建落成。②广陵：扬州。 ③故人：老朋友，指诗人孟浩然。 ④西辞：黄鹤楼在广陵以西。 ⑤烟花三月：指春季三月万花开放的景色。 ⑥碧空：有的版本作"碧山"。 ⑦天际流：指长江浩茫远去，似与天空连在了一起。

提　示

　　这首诗是作者在黄鹤楼送别孟浩然的作品。作品选取送行之人视觉中的一个片段：友人乘坐的船启程后，诗人站在岸边，久久目送着渐远的船帆，直至小小的帆影终于消失在碧空尽头，再也看不见了。全诗体现了诗人对友人恋恋不舍的深情厚谊。这情谊是通过对景物的描写体现出来的。以物传情，是古诗的特点，也是李白诗的常用手法。

　　李白描写长江景色的诗，给人以浩荡雄浑的壮美之感。如这首《望天门山》："天门中断楚江开，碧水东流至此回。两岸青山相对出，孤帆一片日边来。"天门山位于今安徽当涂西南的长江两岸，东名博望山，西名梁山。两山夹江而立，形似天门，故得名。楚江指长江在今湖北宜昌至安徽芜湖一带的流域。同样是作者在望，同样是孤帆，读后感觉不一样，但开阔大气的诗风是一样的。

蜀道难①

[唐] 李 白

噫吁嚱②，危乎高哉！

蜀道之难，难于上青天！

蚕丛及鱼凫③，开国何茫然④！

尔来四万八千岁⑤，不与秦塞⑥通人烟。

西当太白⑦有鸟道⑧，可以横绝峨眉⑨巅。

地崩山摧壮士死⑩，然后天梯⑪石栈⑫相钩连。

上有六龙⑬回日⑭之高标⑮，下有冲波⑯逆折⑰之回川⑱。

黄鹤之飞尚不得过，猿猱⑲欲度愁攀援。

青泥⑳何盘盘㉑，百步九折萦㉒岩峦。

扪参历井㉓仰胁息㉔，以手抚膺㉕坐长叹。

问君㉖西游何时还？畏途巉岩㉗不可攀。

但见悲鸟号古木，雄飞雌从绕林间。

又闻子规㉘啼夜月，愁空山。

蜀道之难，难于上青天，使人听此凋朱颜㉙。

连峰去天不盈尺，枯松倒挂倚绝壁。

飞湍㉚瀑流㉛争喧豗㉜，砯㉝崖转石万壑㉞雷。

其险也若此，嗟尔㉟远道之人，胡为乎㊱来哉。

剑阁㊲峥嵘㊳而崔嵬㊴，一夫当关，万夫莫开。

所守㊵或匪㊶亲㊷，化为狼与豺㊸。

朝避猛虎，夕避长蛇，磨牙吮血，杀人如麻㊹。

锦城㊺虽云乐，不如早还家。

蜀道之难，难于上青天，侧身西望长咨嗟㊻。

注 释

①蜀道难: 原是乐府曲名, 这里用此名为题, 描写由秦入蜀的道路艰难。　②噫吁嚱(yī xū xī): 古代蜀地的人见到令人惊异的事物, 常发出的惊叹声。　③蚕丛、鱼凫(fú): 传说中古蜀国国王名字。　④茫然: 时间久远难以计算。　⑤四万八千岁: 虚指数。　⑥秦塞: 今陕西一带, 为古代秦国。战国时期, 秦国出兵灭蜀, 设蜀郡。从此蜀地与秦地开始来往。　⑦太白: 太白山, 秦岭主峰, 在今陕西咸阳西南。　⑧鸟道: 只有鸟能飞过去的通道, 形容山路的狭窄和险要。　⑨峨眉: 在今四川成都西南部。两山相对, 状如蛾眉。　⑩壮士死: 据古书记载, 秦惠王得知蜀王好色, 即送他五个美女。蜀王派五名壮士迎接。回来路上, 见一大蛇钻进山洞, 壮士上前拽蛇尾往外拉。忽然山崩地裂, 壮士和美女被压在山下, 从此山路打开, 分为五岭。　⑪天梯: 指陡峭的山道。　⑫石栈: 指栈道, 古人在山中凿山壁架木桥修的道路。　⑬六龙: 神话传说中, 太阳坐着六条龙拉的车在天空行驶。　⑭回日: 意为六龙车在这里也要迂回而过。　⑮高标: 峰顶最高处, 为一方标志。　⑯冲波: 激流。　⑰逆折: 倒流。　⑱回川: 指激流逆转形成的漩涡。　⑲猱(náo): 猿猴的一种, 善攀爬。　⑳青泥: 青泥岭, 在今陕西略阳西北, 唐代入蜀的要道。　㉑盘盘: 山岭曲折的样子。　㉒萦: 环绕。　㉓参(shēn)、井: 星宿名。古人用星宿名划分各地分野。参为蜀, 井为秦。扪参历井: 意为摸到及接近星宿, 形容山高。　㉔胁息: 屏住气。　㉕膺(yīng): 胸部。　㉖君: 指入蜀的朋友。　㉗巉岩(chán yán): 高而险峻的山。　㉘子规: 杜鹃鸟, 蜀地很多, 据说常在夜间啼叫, 声音悲哀, 像 "不如回去" 的话音。　㉙凋朱颜: 脸面失色。　㉚飞湍(tuān): 流速极快的激流。　㉛瀑流: 瀑布。　㉜喧豗(huī): 指激流奔腾的喧闹声。　㉝砯(pīng): 水击打岩石的声音。　㉞壑(hè): 山川, 山沟。　㉟嗟尔: 感叹。　㊱胡为乎: 为什么。　㊲剑阁: 地名, 在今四川剑门山, 地势险要, 是入蜀的必经之路。　㊳峥嵘: 高大险峻。　㊴崔嵬(wéi): 高耸崎岖。　㊵所守: 把守关口的人。　㊶匪: 同 "非"。　㊷亲: 指亲近可靠的人。　㊸狼与豺: 指凭借险要之地作恶的人。　㊹ "朝避猛虎" 四句: 指野兽为害, 暗指作恶之人。　㊺锦城: 指成都, 以盛产蜀锦得名。　㊻长咨嗟: 长长地叹息。

提示

　　《蜀道难》是李白最著名的乐府诗之一。唐代诗人常仿照乐府古题创作诗歌。乐府诗中句子长短间杂，最短的只有一个字，长的有九字、十字、十一字，大部分是三、四、五、七字相间。李白充分运用了这一灵活不拘的特点，把蜀道的艰难描绘得惊心动魄，完成了一首难以超越的山水名篇。

　　起首一句就用感叹词"噫吁嚱"和夸张笔法把蜀道的"难"提到了极致：比上天还难，一下子就把读者吸引住了。到"然后天梯石栈相钩连"这十二句，主要写蜀道的高险和路途艰难的原因。李白不是地质学家，他主要是借用传说把故事写得极富神秘色彩，无形中使读者产生了提心吊胆的感觉，想看看蜀道究竟难在哪里。以下的一大段，直到"胡为乎来哉"，是具体写蜀道之难之高。高难到什么程度呢？神龙都要绕道走，黄鹤飞不过去，善于攀登的猿猴也发愁，鸟儿们发出悲叫，子规在哀鸣，何况是人？再看山顶，像摸到了天，松树只能倒长，激流瀑布发出如雷巨响，使人心惊。最后几句是写社会环境。除了天险以外，还有恶人挡道，"一夫当关，万夫莫开"，这"一夫"如果是守边的战士当然好，可很多人成了虎蛇般的土匪，杀人如麻。这就更令人悚然。需要注意的是，诗中前后四次写到了行人的绝望反应："以手抚膺坐长叹。问君西游何时还？畏途巉岩不可攀。""使人听此凋朱颜。""嗟尔远道之人，胡为乎来哉。""侧身西望长咨嗟。"结论："锦城虽云乐，不如早还家。"这就使蜀道有了人气，是现实的，并非臆造的"仙境"。

　　李白的这首诗，把神话传说和实情实景糅合在一起，跨越古今，浪漫潇洒，绘出一幅惊险又多姿的山水画，给人以极致的艺术享受。文学作品不等同于现实生活，是艺术的塑造。自古以来，蜀道再难走，也没有挡住人的步伐，倒是当地伟大的人民征服了天险。至于李白在诗中寄托着自己什么感情和态度，那是读者自己的理解。李白还作有《剑阁赋》和《送友人入蜀》诗，这两个作品中有和《蜀道难》中蜀道景象描写类似的句子。有兴趣的读者可以找来看看。

行路难①三首（选一首）

[唐]李白

金樽②清酒斗十千③，玉盘珍馐④直⑤万钱。

停杯投箸⑥不能食，拔剑四顾心茫然。

欲渡黄河冰塞川，将登太行⑦雪满山。

闲来垂钓碧溪⑧上，忽复乘舟梦日边⑨。

行路难，行路难，多歧路，今安在？

长风破浪⑩会有时，直挂云帆济⑪沧海。

注 释

①行路难：乐府诗的曲题。多写人世的艰难和别离之苦。
②金樽：有金饰的酒杯。　③斗十千：指酒价很高。
④珍馐（xiū）：珍贵的菜肴。　⑤直：价值。　⑥箸：
筷子。　⑦太行：指太行山。　⑧垂钓碧溪：相传商朝末
年，名士姜子牙曾在磻（pán）溪垂钓，遇文王得到重用。
⑨乘舟梦日边：相传商汤厨师伊尹曾梦见坐船经过日月
旁边，后得到汤王重用。　⑩长风破浪：南朝刘宋时宗
悫（què）少有大志，叔父问他志向，答愿乘长风破万里
浪。后成为将军。　⑪济：渡过。

提示

　　《行路难》共三首，这是第一首，是李白被皇帝免职，离开长安时所作。朋友们设盛宴为他送行，一贯豪饮的李白却无心吃喝，随即写下这首表达苦闷又心不甘的诗篇。开篇提到这是一席奢华丰足、杯筹交错的盛宴，然后笔锋一转：酒喝不下，饭也吃不下，拔剑出鞘，四下张望，心中一片茫然。"投箸"的"投"字可见烦闷至极。究竟是什么令诗人如此苦闷，以至于无心享用美酒佳肴？

　　原来李白本想在政治上有所作为，可没受到唐玄宗重用，反而因为性情高傲得罪了杨贵妃、高力士等皇帝身边的红人儿，被皇帝"放还"。理想、抱负落空，他很是郁闷，自然无心畅饮。眼下的情景，好比要渡黄河，可河水已经冰冻；想登太行山，可山被大雪封住，前途黯淡。"闲来"两句是用周朝姜太公和商朝伊尹的典故，李白希望自己也能像这两位古人一样，受到明君赏识。但这究竟不是现实，所以下面连叹"行路难"，不知今后的路在哪里。李白是个自信的人，坚信有朝一日自己的才华会像宗悫一样得到施展。他期待着扬帆渡海，成就心中所愿。前有鲍照写的《拟行路难》，他们二人的境遇相似，态度却不一样。对照读一读，可以加深理解。

将进酒①

[唐] 李 白

君不见黄河之水天上来，奔流到海不复回。

君不见高堂②明镜悲白发，朝如青丝③暮成雪④。

人生得意须尽欢，莫使金樽⑤空对月。

天生我材必有用，千金散尽还复来。

烹羊宰牛且为乐，会须⑥一饮三百杯。

岑夫子⑦，丹丘生⑧，将进酒，君莫停。

与君歌一曲，请君为我侧耳听。

钟鼓⑨馔玉⑩不足贵，但愿长醉不愿醒。

古来圣贤皆寂寞，惟有饮者留其名。

陈王⑪昔时宴平乐⑫，斗酒十千恣欢谑⑬。

主人⑭何为言少钱，径须⑮沽⑯取对君酌。

五花马⑰，千金裘⑱，呼儿将出⑲换美酒，

与尔同销万古愁！

注 释

①将进酒：乐府诗曲名，多写饮酒放歌之事。将（qiāng）：愿，请。　②高堂：厅堂。
③青丝：黑发。　④雪：指白发。　⑤金樽：酒杯。　⑥会须：应该。　⑦岑夫子：
岑勋。　⑧丹丘生：道士元丹丘，与岑勋同是李白的朋友。　⑨钟鼓：乐器，指音乐。
⑩馔（zhuàn）玉：指美食。　⑪陈王：三国时的曹植，在魏国被封为陈王。有"归
来宴平乐，美酒斗十斤"诗句。　⑫平乐：观名，在今河南洛阳。　⑬恣欢谑（xuè）：
放纵玩笑。　⑭主人：指元丹丘。这首诗在元丹丘住处所写。　⑮径须：只管。　⑯沽：
买。　⑰五花马：五色花纹的马，亦说是把马鬃剪成五瓣的马。　⑱千金裘：价值千
金的毛皮衣服。　⑲将出：拿出。

提 示

　　李白离开长安以后，在各地游历。这首诗是他与友人岑勋同往嵩山好友元丹丘的颍阳山居做客时写的。这时候，李白已经年过半百，头发已变白，可为国效力的愿望并没有实现，心中极度失望。李白借酒消愁，借诗发泄苦闷，于是写出此诗。当年屈原也是因为壮志难酬，所以写诗发泄"牢骚"，才有了《离骚》名篇。李白这首乐府诗，最能体现他蔑视功名富贵、自信清高的品行。

　　头四句用比兴法慨叹时光流逝，一去不返。接着一连八句写饮美酒进美食的痛快，毫无顾忌。特别是"天生我材必有用，千金散尽还复来"两句，把心中苦闷一泄而出。诗的后半段，诗人索性唱起了劝酒歌，要把财产都拿出来换酒喝。其中"古来圣贤皆寂寞，惟有饮者留其名"两句是核心。前句意为凡是不被重用的人都是圣贤，当然包括诗人自己。后句是诗人发牢骚，既然能喝酒的人才能史上留名，那就敞开了喝吧。事业上不得志，就在酒中放纵取乐，是古代文人的共性，李白最为鲜明。看似消极，但这是封建时代皇权主宰一切，埋没压制人才的必然现象。这首诗气势奔放，语言生活化，一气呵成，洋洋洒洒，历来是诵读名篇。

秋浦①歌

（选二首）[唐]李白

渌水②净素月③，月明白鹭④飞。

郎⑤听采菱女⑥，一道⑦夜歌⑧归。

炉火照天地，红星乱紫烟。

赧郎⑨明月夜，歌曲动寒川⑩。

注释

①秋浦：地名，唐代池州有秋浦县，其地有秋浦水。故址在今安徽贵池西。秋浦是唐代银和铜的重要产地。 ②渌（lù）水：清澈洁净的水面。渌，清澈。 ③素月：素净洁白的月亮。
④白鹭：水鸟，羽毛白色，常成群活动于湖沼岸边和水田中。
⑤郎：青年男子。 ⑥采菱女：采摘菱角的女子。菱角，长在湖和池塘里的水生植物。 ⑦一道：同路。 ⑧夜歌：在夜晚唱歌。 ⑨赧（nǎn）郎：指被炉火映红脸庞的冶炼工人。赧：因害羞而脸红。 ⑩动寒川：意为工人们的歌声震动了寒夜里的河水。

提 示

　　李白在游历中来到了秋浦。他喜爱这里的自然风景和民俗乡风，写下了组诗《秋浦歌》，共十七首。这里节选的是第十三、十四首。

　　古代在吴、楚地区流行着一种风俗：菱角熟了的时候，男子和女子可以一起采菱，以歌相和。前一首诗头两句描绘出幽静清美的画面，请注意"净"和"素"两个字：水是清澈的，水面洁净倒映出清晰、明亮的月影。"月明白鹭飞"由水面转至天空，明月照耀的夜空，有一只轻巧的白鸟飞过，又平添了几分优美。后两句写采菱女子的歌声。"一道"用词精妙传神，意味着歌声不断，唱完一首接一首。"归"字说明采菱女是在回家的路上，或步行或乘船。而听她唱歌的男子或在岸上，或在舟中（与采菱女同坐一船），归途一路都伴着动人的歌声。

　　后一首诗描写了冶炼金属（银、铜）的场景。前两句描写那炽热的场面：炉火照亮了夜晚的天地，火星伴随着紫色的烟雾飞到半空中。这里的"照"和"乱"把工人彻夜劳动的热闹情景生动地表现出来。古代文献中，有和本诗所写内容相似的记载，如《列仙传》："陶安公者，六安铸冶师也，数行火，火一旦散上行，紫色冲天。"紫色，既是火红的写真，也是吉祥富贵的颜色，李白喜欢紫色，在诗里多次使用，如"日照香炉生紫烟"等。后两句描写冶炼工人的形象，十分精彩。"赧郎明月夜"的"明"用作动词，与后面的"动"对应。工人们红红的脸庞把月夜都照亮了，他们唱出的歌和劳动号子，震动了寒冷的河面。李白显然是被这劳动场面感动，才写出这赞美普通劳动者的诗句。

赠汪伦①

[唐]李白

李白乘舟将欲行，忽闻岸上踏歌②声。

桃花潭水深千尺，不及③汪伦送我情。

注 释

①汪伦：唐代泾县（今属安徽）人，李白的朋友。 ②踏歌：用脚踏地作节拍，边走边唱。 ③不及：比不上。

 提 示

　　李白在各地游历的岁月里，结识了很多朋友，与杜甫、孟浩然等诗人结下友谊，汪伦也是其中之一。以往很多书上说汪伦是泾县当地的一个村民，后经专家考证，他是当地一位名士，当过县令，也会写诗，与李白、王维等早有交往。由于家境比较殷实，因此他在李白游泾县时常以自家酿的美酒款待，并介绍泾县风俗和景点，二人友情很深。李白离开泾县的时候，汪伦领着一些亲友踏歌为他送行。这首诗就是李白给汪伦的赠诗。

　　此诗以轻快流畅的笔调，简洁跳跃的词句，写出诗人对挚友为自己送行的感动。第一句直呼自己大名，给人以诙谐有趣的感觉。他坐上船，正准备离开时，忽然听到岸上响起了有节奏的歌声。这歌是谁唱的？为谁唱？为什么唱？后面没有任何说明解释，而是笔锋一转，写汪伦为自己送行的情谊。后两句的中心词是"不及"，桃花潭即使有千尺深，也比不上汪伦为诗人送行的情谊深。这情谊究竟多深，读者自会体味，因为感情是不能用尺度衡量的。如果把"不及"换成"好似""堪比"等词，虚变成实，就乏味了。这首明白如话的小诗，展现了李白高超的语言驾驭能力。

早发白帝城①

[唐]李白

朝辞白帝彩云间，千里江陵②一日还。
两岸猿声啼不住，轻舟③已过万重山。

注释

①白帝城：在今四川奉节，位于长江三峡南岸白帝山上。传说有白龙从井底跃出，自称白帝，因而得名。三国时期，蜀汉刘备去世前在此托孤。　②江陵：在今湖北中部偏南，属荆州管辖。　③轻舟：形容船行轻快，因是顺流而下。

提示

　　唐朝发生安史之乱期间，李白出于救国意愿，到永王李璘部下效力，不料因皇室权力之争受到牵连，被流放到夜郎（今贵州西北部一带）。他走到白帝城的时候，接到被赦免的消息，于是乘船东下江陵。所以这首诗也叫《白帝下江陵》。整首诗的感情基调是轻快的，表达出诗人如释重负、喜不自胜的心情。

　　后人读此诗的时候，往往不把这段不愉快的经历放在心上，而是欣赏诗中对行程和长江三峡的描写。第一句先声夺人，点明了动身时间、地点，而"彩云间"表明了上游的地势，有从天而降的感觉，也给人带来吉祥光明的预兆。第二句一泻千里，只一天就回到了江陵，同样显示出诗人急切欢快的心情。第三、四句更为精彩。据古书记载，长江三峡两岸，山岳连成一片，山后有山，层层不断。山间的猿猴长啸，在空谷中传响，似凄惨的哀鸣。李白的诗正是这情景的写照，但在他听来，猿猴的叫声并不凄惨，而是不住地伴随他前行。总之，这首诗如同一首欢快的进行曲。

望庐山①瀑布

一[唐]李白

日照香炉②生紫烟，遥看瀑布挂前川。

飞流直下三千尺，疑是银河③落九天④。

注 释

①庐山：我国名山之一，在今江西九江北部。　②香炉：庐山北部的名峰，即北峰。状似香炉，峰顶云雾弥漫，如同香烟缭绕。　③银河：又称天河，由无数暗星体组成，像一条银白色的飘带。　④九天：九重天。古人认为天有九层或九部，此处指天空。

提 示

　　《望庐山瀑布》是李白晚年在庐山居住时写的。见过瀑布的读者都有类似的体会：瀑布之水奔腾不绝，远看就像一条白练垂挂在崖壁上。李白这首七言绝句把瀑布的这些特点都写出来了，如"挂""直下三千尺"，此外还加入了非常奔放的想象：宛如天上的银河掉落人间，悬于香炉峰上。而这个景观又是在阳光的照耀下、紫烟的笼罩下展现出来的，就给人一种神妙的感觉，难怪诗人要在这里待一辈子。这首诗视野开阔，气势磅礴，想象奇特，是李白诗风格的经典体现，已成为瀑布诗的首选。

　　《望庐山瀑布》的另一首是五言诗，附在下方，供读者参考：
西登香炉峰，南见瀑布水。挂流三百丈，喷壑数十里。欻如飞电来，隐若白虹起。初惊河汉落，半洒云天里。仰观势转雄，壮哉造化功。海风吹不断，江月照还空。空中乱潈射，左右洗青壁；飞珠散轻霞，流沫沸穹石。而我游名山，对之心益闲；无论漱琼液，且得洗尘颜。且谐宿所好，永愿辞人间。

登金陵①凤凰台

[唐] 李白

凤凰台②上凤凰游，凤去台空江自流。

吴宫③花草埋幽径，晋代④衣冠⑤成古丘。

三山⑥半落青天外，二水⑦中分白鹭洲⑧。

总为浮云⑨能蔽日，长安⑩不见使人愁。

注 释

①金陵：今江苏南京的古称。　②凤凰台：在南京西南处凤凰山上。　③吴宫：指三国时期吴国的宫殿。　④晋代：指东晋，都城在今南京。　⑤衣冠：一般是指东晋学者郭璞的衣冠冢，在今南京玄武湖。此处泛指晋朝的当权者。　⑥三山：指坐落在金陵江边的三座小山，明代修城时被挖平，原址在三山街。⑦二水：亦作"一水"，指金陵秦淮河在白鹭洲分为两支。⑧白鹭洲：长江中的沙地，以有白鹭栖息得名。　⑨浮云：漂浮的云，此处代指当权的奸佞。　⑩长安：唐朝都城，此处代指朝廷。

提 示

　　李白性情豪放，不喜受约束，写诗也喜欢写自由舒展的古体诗和短小的绝句，而格律严谨的律诗写得很少。但他不是不能写，这首七律就写得十分出色，堪称唐诗七律的杰作。这一首既是景物诗，也是政论诗。头两句写登上凤凰台，见景生怀古之情。相传南朝刘宋时期，有凤凰在此山出现，就建造了凤凰台，以求祥和兴盛。如今凤凰不见，台自空空，只有江水仍在奔流，这就自然引起对历史的回顾。第三、四两句写了吴国和东晋两朝，虽然风光一时，但是当权者连同他们的居所都已经消失，只留下坟场。五、六句的思绪又回到眼前，三山直插入青天，时隐时现；大江在此分流，一片苍茫。随后发出感慨：国家当今也如浮云蔽日，遮住了阳光，奸佞当道，蒙蔽了皇帝，正人君子不能得到重用，让人担忧。此诗写景和议政交替，转接自然，并且注入个人的感受，内涵很丰富。

　　据记载，李白有一次登黄鹤楼，本想作诗，可看见崔颢（hào）的《黄鹤楼》诗后，赞赏说："眼前有景道不得，崔颢题诗在上头。"自己就不写了。但他后来写了这首《登金陵凤凰台》，也是写景抒情诗，有意模仿崔颢，比高低。这事真假难定，但此诗在句法和韵脚上确实和崔颢诗（见后面）有相同之处。两首诗都是唐代七律的上品。

把酒问月

[唐]李白

故人贾淳①令予问之

青天有月来几时？我今停杯一问之。

人攀明月不可得，月行却与人相随。

皎如飞镜临丹阙②，绿烟③灭尽清辉④发。

但见宵⑤从海上来，宁⑥知晓⑦向云间没⑧？

白兔捣药⑨秋复春，嫦娥⑩孤栖与谁邻？

今人不见古时月，今月曾经照古人。

古人今人若流水，共看明月皆如此。

唯愿当歌对酒时，月光长照金樽⑪里。

注 释

①贾淳：李白的老友。李白受他的委托，写了此诗。　②丹阙：
指朱红色的宫门。阙，皇宫门前两边供瞭望的楼，后泛指帝王
的宫殿。　③绿烟：指遮蔽月光的浓重的云雾。　④清辉：明
亮的月光。　⑤宵：夜。　⑥宁：岂，难道。　⑦晓：天明。
⑧没（mò）：指月亮下落。　⑨白兔捣药：古代神话传说，月
中有白兔不停捣药。　⑩嫦娥：神话中的美女，因偷吃仙药，
升入月宫，过着孤寂的生活。　⑪金樽：精美的酒具。

提 示

李白的诗，写"月"和"酒"的最多。饮酒赏月，是他的爱好，也是其性格和经历所致。如《月下对酌》，写他一个人在月光下饮酒的情景："花间一壶酒，独酌无相亲。举杯邀明月，对影成三人……"十分有趣。

这首《把酒问月》的意义非比寻常，是诗人对自然现象的思考，颇有些追求真理的意义。问月，即对月提出疑问。他放下酒杯，第一句就开门见山：月亮是何时有的？没有回答。接着，一个个疑问脱口而出：为什么人攀登不到月亮上去，月亮却能一直跟着人行走（运行）？为什么月光能照亮宫门，能发出明亮的光辉？它夜晚从海上升起，是否天亮后在云间下落？月宫里的白兔捣药一年又一年，而孤单的嫦娥与谁做伴？为什么今时人看不到古时的月亮，现在的月亮却能照见古人？为什么古人今人如流水般一代代相传，可看见的月亮是一样的？……这些问题无论有实际意义的，还是神话想象的，在李白那个时代还无法回答。诗人得不到解答，于是又拿起酒杯，希望月光长照，让自己痛饮美酒。

李白对月亮的发问，说明他对自然奥秘有很强的求知欲，十分可贵。这也是很多古代文化人共有的思想。早在先秦时期，大诗人屈原就写了《天问》一诗，对天地发出种种疑问。前面那首张若虚的《春江花月夜》，也有类似的发问："江畔何人初见月？江月何年初照人？人生代代无穷已，江月年年只相似。"意思和李白这首相同。李白虽然回答不了自己的疑问，但他的理解是有益的：月亮是永恒的，它见证着古往今来，见证着人类不断地"轮回"。对李白来说，既然如此，最大的快乐就是对月饮酒，所以又拿起了酒杯。

李白在诗中对自然现象的追寻不止这一首。他还写过一首《古朗月行》，以儿童的视角和口吻对月亮发出疑问，十分有趣："小时不识月，呼作白玉盘。又疑瑶台镜，飞在青云端。仙人垂两足，桂树何团团。白兔捣药成，问言与谁餐。蟾蜍蚀圆影，大明夜已残。羿昔落九乌，天人清且安。阴精此沦惑，去去不足观。忧来其如何，凄怆摧心肝。"对月亮如此，对太阳他也提出过问题，如《日出入行》一诗。

黄鹤楼①

[唐]崔颢

昔人②已乘黄鹤去，此地空馀黄鹤楼。

黄鹤一去不复返，白云千载空悠悠。

晴川③历历④汉阳⑤树，芳草萋萋⑥鹦鹉洲⑦。

日暮⑧乡关⑨何处是？烟波江上⑩使人愁！

注 释

①黄鹤楼：见李白《黄鹤楼送孟浩然之广陵》。　②昔人：
传说，曾有仙人乘黄鹤驾临此处，后离开。此处代指以往的
先人。　③晴川：晴朗的平川，意为阳光明媚。　④历历：
意为树木清晰可以数出。　⑤汉阳：今武汉三镇之一，与
黄鹤楼隔江相望。　⑥萋萋：形容草木茂盛。　⑦鹦鹉洲：
长江中的滩地，在今武汉武昌西南，后被水淹没。　⑧日暮：
傍晚。　⑨乡关：故乡。　⑩烟波江上：长江上水烟弥漫。

　　崔颢（704—754），唐代汴州（今河南开封）人。他在朝廷做过官，才情过人，但早期诗多写闺情，比较浮艳，个人生活中也好赌。后来游历各地，到了边塞，诗风为之一转，雄浑而奔放。

　　这首七言律诗是崔颢的代表作。据说李白登黄鹤楼时想写诗，在看到崔颢的这首诗后就放弃了，崔颢这首诗由此扬名，后代有人甚至把它列为唐代七律第一。从诗本身来看，确实很有创新，读来情景交融，能调动情绪。

　　传说曾有仙人驾着黄鹤路过此地，黄鹤山和黄鹤楼由此得名。此诗的第一、二句很巧妙地借用了这个传说，表达人去楼存的怅惘之情。第三、四句进一步抒发情感，黄鹤一去不返，天上只有白云千年游荡。前四句中连用三个"黄鹤"，不但不觉重复，反而增加了情趣，给人印象深刻。按一般格律要求，第三、四句对仗不很严格，却是个突破，使得语气连贯，情绪饱满。第六、七句则是严谨的对仗句，写看到的景色：阳光照耀下的汉阳平川，树木历历可数；芬芳的香草覆盖着鹦鹉沙洲。见景生情是人之常态，诗人被引发的是思乡之情。看看天已黄昏，登高望远，家乡在哪里？大江上水烟弥漫，使人心中顿起一丝愁绪。此诗内容并无新奇之处，但写得不同于一般诗。特别是将神话融入景物，更使人读后浮想联翩，胸襟开阔。

战袍藏诗①

[唐]开元宫人

沙场征戍客②，寒苦若③为眠。

战袍经手作，知落阿谁边④。

蓄意⑤多添线，含情更着棉⑥。

今生已过也⑦，重结⑧后生缘⑨。

注 释

①战袍藏诗：藏在士兵战袍中的诗。 ②征戍客：指守边征战的军人。 ③若：怎么，怎样。 ④知落阿谁边：意为不知落在谁的身上。 阿：虚词。 ⑤蓄意：有意。 ⑥更着棉：多加棉花。 ⑦已过也：意为已经没机会了。 ⑧重结：亦作"愿结"或"结取"。 ⑨后生缘：来世的姻缘。

提 示

　　这首诗的作者是唐玄宗开元年间的一位宫女。古书上记载了关于她的故事：开元年间，皇帝唐玄宗命宫女们制作一批棉衣（战袍），送给戍边的将士们过冬。一位士兵在发给自己的战袍中发现了这首诗，就告诉了主帅。主帅又向皇帝禀报了此事。玄宗就命人将此诗传示后宫，并宣布："作诗之人不用躲起来，我不会降罪于她。"于是，有一位宫女承认是她作了这首诗。玄宗怜悯这位宫女，就将她嫁给那位士兵，还说："我成全你们的今世之缘。"

　　这首诗的大意：沙场奋战的军士们，在寒冷的冬天怎么能睡得好？我不知道经我手制作的战袍穿在谁的身上。但我有意多加些棉花，再密密地多缝几针，为的是让你穿上暖和。今生没机会相见，但愿来生能结下姻缘。这是一个令人感动又心酸的故事。有人以为，宫女生活在皇宫里，和皇帝皇后在一起，吃穿不愁，为什么想嫁给在前方打仗、生死不定的士兵呢？其实，古代宫女的命运十分凄惨，她们出身贫苦，很小就被强行送到皇宫，整天伺候皇帝后妃，地位低下，没有人身自由和生活乐趣，更耽误了青春。很多人向往民间男欢女乐的自由生活。这样的事很多，如唐代有个姓韩的宫女就在红叶上写过一首诗，让红叶顺河水流到宫外，传达自己的意愿："流水何太急，深宫尽日闲。殷勤谢红叶，好去到人间。"

　　开元宫女的运气算是好的，她如愿以偿地回到了民间，过起了正常人的生活。她的这首诗也成为唐诗中的名作。千年之后，德国大诗人歌德看到了这首诗的译文，十分感动，引发了诗意。他用欧洲自由体诗的写法，把开元宫女的诗重写了一次，诗是这样的："为了惩罚边境上的叛乱，你勇敢地战斗，可是夜间刺骨的严寒妨碍你的休息。这件战袍，我热心地缝制，尽管由谁去穿，我并不知道。我加倍铺上棉絮，又特别周到，多加上几道针脚，密密地缝，以便维护一位男子的光荣。如果我们今世无法相见，但愿在天上有结合的良缘。"

钓鱼湾①

〔唐〕储光羲

垂钓绿湾春②，春深③杏花乱。

潭清疑水浅，荷动知鱼散。

日暮④待情人⑤，维舟⑥绿杨岸。

注 释

①湾：水流弯曲的地方。 ②绿湾春：指春天绿水荡漾的河湾。 ③春深：春意很浓。 ④日暮：傍晚。 ⑤情人：爱恋中的人。 ⑥维舟：系舟，把船停靠在岸边拴住。

　　储光羲（约706—763），唐代润州延陵（今江苏丹阳）人。他做过朝廷命官，后因在安禄山攻陷长安时受职被贬于岭南。他的诗多写田园生活，格调清雅，简洁有意境。尤其是《田家即事》《田家杂兴》组诗，直接描写农事和农民，为田园诗开辟了新天地。

　　这首五言古诗只有六句，在古诗中少见，写法也独树一帜。前四句写垂钓者在河湾钓鱼，正值春绿一片，满眼皆是杏花。可他没有钓上鱼来，见水清见底，怀疑水太浅，没有鱼；见荷叶摇动，才知道鱼已经散去，还是他自己不专心。通过景物来衬托人的心情，使读者有了疑问：他为何不专心钓鱼呢？到五、六句才有了答案：原来他"醉翁之意不在酒"，不是专门来垂钓，而是等待情人到来。不远处还有一条船停靠在种着杨树的岸边。

　　诗中没有描写垂钓者的相貌、神态、年龄，甚至也没有说性别，那个情人更没有露面，这些都留给读者思考。而读者的一致看法：这是一位年轻的男子，黄昏时候，他划船来到河湾，以钓鱼做样子，实际在等候情人。他虽在钓鱼，却心不在焉，心里有些急切、紧张，等待着那一刻的到来。此诗洋溢着春天的气息，意境清雅，用词简练，人物与景致和谐一体，令人心暖。历来有关爱情的文学作品，多以女方为主角，男方为陪衬。此诗专写男方的心境，而且极为传神。

逢雪宿芙蓉山①主人

[唐]刘长卿

日暮②苍山远③，天寒白屋④贫。
柴门⑤闻犬吠，风雪夜归人。

注 释

①芙蓉山：地点不详。 ②日暮：天将黑。 ③苍山远：指山路很长。 ④白屋：用白茅草覆盖的房屋，意指寒士、贫民的居所。 ⑤柴门：用木柴、树枝做的门。

刘长卿（约 709—789），字文房，唐代宣城（今属安徽）人，后迁居洛阳。曾在多地任职，但遇内乱，官运不佳，后因事下狱，两次遭到贬谪。他的诗多写失意之感，也有反映离乱之作，他尤其善于描绘自然景物。他以五言诗见长，自称"五言长城"。

这首五言绝句，是刘长卿很出名的诗，也是引起很多不同解释的作品。从题目看，是写雪天投宿的事，但诗中始终没有涉及主客来往和入宿的情景。四句各写一景：日暮、白屋、犬吠、夜归。看似没有联系，各自独立成画面。如果从诗的整体上体会，就会感到作者的意图不是投宿，而是描绘风雪交加之中，山村寒静清冷的景象。作品显然是成功的，读者都会感到风雪夜的山村多么孤寂，狗叫成了唯一的声响。从中可以大体知道，诗人在山中前行，天色越来越暗，群山显得苍茫无际，他想找到一户人家投宿，就住进了一所茅草房子，房子简陋，主人生活境况贫寒。夜深了，柴门内的看家犬汪汪吠叫，说明有人在这风雪之夜回来了。

由于字句凝练，有的地方就会产生歧义。最突出的是"夜归人"指的谁。有说是茅屋的主人或其家属，因家境贫寒出外谋生，深夜才回来。有说是诗人自己，在风雪夜中找到住处避寒，就像进了自己家一样，归来了。此外，题目上的"主人"是否多余？其是屋主还是诗人，也有不同解释。笔者对此不做定论，由读者自己理解。重要的是，这首诗描绘的特定环境中的风雪山村景象，令人有寒中带暖的感受，也使人体会到诗人的语言能力和写作技巧。

望岳①

[唐]杜甫

岱宗②夫如何？齐鲁③青④未了⑤。

造化⑥钟⑦神秀⑧，阴阳⑨割⑩昏晓⑪。

荡胸⑫生层云⑬，决眦⑭入⑮归鸟。

会当⑯凌⑰绝顶⑱，一览众山小。

注 释

①望岳：岳指五岳。杜甫的望岳诗有三首，分别写东岳泰山、西岳华山、南岳衡山。　②岱宗："岱"为泰山的别名。泰山为五岳之首，为诸山所宗，所以又称"岱宗"。　③齐鲁：今山东是古代齐国和鲁国之地，分别在泰山北、南。　④青：指山色。　⑤未了：未尽。　⑥造化：指天地自然。　⑦钟：聚集。⑧神秀：指山的神奇秀美。　⑨阴阳：指山背阴和向阳两面。⑩割：分开。　⑪昏晓：傍晚黄昏、拂晓早晨。　⑫荡胸：胸襟开阔。　⑬层云：叠起的云，云海。　⑭决眦（zì）：裂开眼角，形容睁大眼睛。　⑮入：目送。　⑯会当：定要、应当。⑰凌：攀登。　⑱绝顶：最高峰。

提示

　　杜甫（712—770），字子美，唐代襄阳（今属湖北）人，出生在巩县（今属河南）。其祖父是唐初诗人杜审言，他自幼刻苦读书，十几岁就以诗作传名。曾受推荐在朝廷为官，因直言被辞退。杜甫一生坎坷，因长期广泛接触社会底层，所以对民间疾苦有深刻体会，写出大量反映现实和忧国忧民的诗篇，被誉为"诗史"。他创作态度严肃，字斟句酌，诗风雄浑、质朴、悲壮，作品丰富，内容广泛，风格多样，对当世和后世的影响巨大，与李白共创了唐诗的巅峰，被尊为"诗圣"。杜甫的尊称很多，以其住处和官职称呼的有"杜少陵""杜拾遗""杜工部"等。

　　《望岳》这首诗是杜甫年轻时漫游齐赵（今山东、河北一带）时写的，是现存诗中年代最早的一首，已经显示出他过人的笔力与才华。泰山是五岳之首，历史名山，杜甫第一次看到，自是激动，所以第一句就发问：泰山是怎样的呢？"齐鲁青未了"表达出诗人的所感：远远地看着泰山，满眼的青色，覆盖面超出了整个齐鲁大地，绵延不绝。"青未了"是视觉，这三个字写出泰山之高之壮阔，可谓神来之笔。

　　三、四两句写泰山的自然奇观。泰山很美，大自然的神奇和秀丽都聚集在这儿了。"阴阳割昏晓"这句，是说泰山阴面暗淡与阳面光亮像白天黑夜一样分明，实际还是说泰山很高很大。五、六两句写诗人望着泰山上云海荡漾，心也跟着激荡起来。睁大眼睛，目光追随着飞归泰山的鸟。这种凝神远望，表达了诗人对泰山的神往，所以才有结尾两句"会当凌绝顶，一览众山小"。"会当"是唐代人的口语，意思是"一定要"。这两句用的典故，出自《孟子·尽心上》："孔子登东山而小鲁，登泰山而小天下。"诗人虽然还没有登上泰山顶峰，但远望泰山已经给他带来了极大的震撼，他决心要登顶泰山，领略那俯视群山的豪迈景观。

兵车行①

[唐] 杜 甫

车辚辚，马萧萧②，行人③弓箭各在腰。

爷娘④妻子走相送，尘埃不见咸阳桥⑤。

牵衣顿足拦道哭，哭声直上干⑥云霄⑦。

道旁过者⑧问行人，行人但云点行⑨频⑩。

或从十五⑪北防河⑫，便至四十⑬西营田⑭。

去时里正⑮与裹头⑯，归来头白还戍边。

边庭流血成海水，武皇⑰开边⑱意未已⑲。

君不闻汉家山东⑳二百州，千村万落生荆杞㉑。

纵有健妇把锄犁，禾生陇亩无东西㉒。

况复秦兵㉓耐苦战㉔，被驱不异犬与鸡。

长者㉕虽有问，役夫㉖敢申恨㉗？

且如㉘今年冬，未休㉙关西卒㉚。

县官急索租，租税从何出？

信知㉛生男恶㉜，反是生女好。

生女犹得嫁比邻，生男埋没㉝随百草。

君不见青海头㉞，古来白骨无人收。

新鬼烦冤旧鬼哭，天阴雨湿声啾啾㉟。

注 释

①兵车行："行"是汉乐府的一种体裁。《兵车行》是作者自创的题目。 ②辚辚、萧萧：车行和马嘶的声音。 ③行人：指被征当兵的人。 ④爷娘：爹娘。 ⑤咸阳桥：在今陕西咸阳西南渭水河上，又称西渭桥。当时送人西行多在这里相互道别。 ⑥干（gān）：冲犯。 ⑦云霄：高空。 ⑧过者：过路的人，这里指作者自己。 ⑨点行：按名册强行征兵服役。⑩频：频繁，多次。 ⑪十五：指年龄。 ⑫北防河：黄河以北的防务。 ⑬四十：指年龄。 ⑭西营田：河西营田，即屯田，军队平时种田，战时作战。 ⑮里正：古代的乡官。 ⑯裹头：古代男子成年时要将头发用布裹起来。 ⑰武皇：指汉武帝。汉武帝在位期间战事频繁。这里代指唐玄宗。 ⑱开边：用武力开拓疆土。 ⑲意未已：没有停止的意思。 ⑳山东：指崤山华山以东。 ㉑荆杞：荆棘与杞柳，意为土地荒芜。 ㉒无东西：指庄稼杂乱，分不出行列。 ㉓秦兵：秦地的士兵。咸阳一带，古为秦国。 ㉔耐苦战：能吃苦善战。 ㉕长者：过者。㉖役夫：被征兵的人。 ㉗敢申恨：怎敢表示愤恨。 ㉘且如：就像。 ㉙未休：没有停止。 ㉚关西卒：秦兵。 ㉛信知：确知，早知道。 ㉜恶：意为结果不好。 ㉝埋没：战死。㉞青海头：青海边，指战场。 ㉟啾（jiū）啾：形容鬼魂的哭泣声。

提 示

　　《兵车行》是杜甫的代表作之一，表达了反对和谴责不义战争的态度与为受难百姓代言的勇气。据史书记载，唐朝在玄宗天宝年间（742—756），与西北、西南部族之间的战争频繁。有一年，剑南节度使鲜于仲通，率八万唐军进攻南诏（今云贵川一带），遭到惨败。宰相杨国忠一边掩盖战败的事实，一边在两京（长安、洛阳）、河南等地招兵。人们听闻云南瘴疠严重，还没开战，士兵就死去十之八九，都不肯应征。杨国忠就派御史到各地捕人，强行给被捕者套上枷锁，拉到军营当兵。被捕之人无数，父母妻子为其送行，哭声震动四方。这段记载，就是《兵车行》的写作背景。杜甫根据自己的所见所闻，写了这首反映现实的诗。

　　从首句到"哭声直上干云霄"，描写士兵出征时亲人洒泪相送的情景。这些士兵是父母的儿子，妻子的丈夫，孩子的父亲。他们这一去，怕是很难活着回来了，几乎就是诀别。诗人用"牵衣、顿足、拦道"一系列动作，写出万千家庭和至亲诀别时，痛彻心扉的不舍和绝望。几百上千人此起彼伏的哭声，天空都为之震动。

　　从"道旁过者问行人"到"武皇开边意未已"，是以士兵（行人）回答诗人（道旁过者）的口吻，写"开边"对普通士兵来说有多么残酷：出征时还未成年，归乡时头发都白了，仍要继续戍边。多少士兵的血洒在战场上，皇帝（汉武帝，实指当今统治者）仍不满足。从"君不闻汉家山东二百州"到结尾是写频繁的战争和繁重的租税给百姓生活、农业生产带来祸患，以致给人们心灵造成创伤。把男丁抓走打仗，荒芜了田地，还要索取繁多的租税，却不许人民表达不满。封建统治者的最大特征就是专权和腐败。他们打着国家的招牌，不顾人民的死活，任意驱使百姓，自己却过着极其优裕的生活。杜甫看到了这个现实，曾写下了"朱门酒肉臭，路有冻死骨"的不朽诗句。在这首诗中杜甫也对这种现实予以揭露和谴责："县官急索租，租税从何出？"古代重男轻女，而战争使人们产生了反常心理："信指生男恶，反是生女好。"这些诗句极为尖锐和深刻。

　　杜甫还有一首《蚕谷行》，反映朝廷大量征兵，以致农事荒废，表达了化兵戈为农桑的愿望，和《兵车行》的主题类似，读者可以参读："天下郡国向万城，无有一城无甲兵。焉得铸甲作农器，一寸荒田牛得耕。牛尽耕，蚕亦成。不劳烈士泪滂沱，男谷女丝行复歌。"

春望

[唐] 杜甫

国破山河在，城①春草木深。

感时②花溅泪③，恨别④鸟惊心⑤。

烽火连三月⑥，家书抵万金⑦。

白头搔更短，浑欲⑧不胜簪⑨。

注释

①城：指长安城。安史之乱时，作者曾被困在长安。　②感时：感叹时局。　③花溅泪：看到花开而流泪。　④恨别：悔恨与家人分别。　⑤鸟惊心：听见鸟叫而心惊。　⑥烽火连三月：战事不休。　⑦抵万金：指家书的可贵。　⑧浑欲：简直。　⑨不胜簪：插不住簪子。古代男子要把头发束在头顶，用簪子别住。

提 示

公元755年（唐玄宗天宝十四年），唐朝发生了安禄山、史思明的叛乱，第二年京城长安被叛军攻占。唐玄宗逃往成都，唐肃宗（唐玄宗三子李亨）在灵武即位。杜甫在投奔肃宗的途中，被叛军俘获，带回长安。《春望》这首五言律诗，就是他被困在长安的时候写的，表现了他在战乱时的复杂心情。

杜甫在长安目睹了叛军屠杀军民，疯狂掠夺的暴行。而且当时叛军已经占领了很多地方，国将不国。诗的首句先以"国破"开头，点出背景。"山河在"即自然景色如故。再看长安城，到了春天，城中草木仍然茂盛，但已经物是人非。作者面对此景，心情却和以前大不一样了。三、四两句，就是这种心情的写照。花和鸟，在春天历来是最受人喜爱的，"鸟语花香"是春天的象征，带给人们温暖和快乐。但是今年，时局变了，作者因为感叹国家危难，看到盛开的鲜花，竟然流了泪。因为与家人离别很伤心，听到鸟的叫声，反倒心惊肉跳。这里的"溅"和"惊"，从全诗的内容看，应是诗人自己的感受，而不是指花和鸟的感受。这两句把人的主观情绪和客观景物糅合在一起，句式十分新颖。既然想到了离别的家人，下面两句就自然转到了家人方面。当时杜甫的家眷远在鄜州（今陕西富县），在战火不断的情况下，与家人半年多失去联系，心中自然挂念。如果能接到家人的来信报平安，那真是比多少钱都珍贵。这个想法也是战争中受难民众的心声。因为没有收到家书，所以诗人很着急，才有了结尾头发变白、日渐稀疏，以至于插不住发簪的两句。"搔"字把诗人发愁的急切状态写得很传神。南朝诗人鲍照的诗《拟行路难》有"年去年来自如削，白发零落不胜冠"的诗句。《春望》这两句，和"白发零落不胜冠"意思相近，又有新意。总之，这首诗写出了诗人个人的战时遭遇，也反映了当时民众的普遍心态。

石壕吏①

[唐]杜 甫

暮投②石壕村，有吏夜捉人。

老翁逾墙③走，老妇出门看。

吏呼一何④怒，妇啼一何苦！

听妇前致词：三男⑤邺城⑥戍⑦。

一男附书⑧至，二男新战死。

存者且偷生⑨，死者长已矣⑩。

室中更无人⑪，惟有乳下孙⑫。

有孙母⑬未去，出入无完裙。

老妪⑭力虽衰，请从吏夜归⑮。

急应河阳⑯役，犹得⑰备晨炊⑱。

夜久⑲语声绝，如闻⑳泣幽咽㉑。

天明登前途㉒，独与老翁别。

注 释

①石壕吏：石壕村在今河南三门峡市峡州区东南。石壕吏即指石壕村一带的基层官员。　②暮投：傍晚投宿。　③逾墙：爬过墙头。　④一何：多么。⑤三男：三个儿子。　⑥邺城：遗址在今河北临漳、河南安阳一带。　⑦戍：从军。　⑧附书：托人捎来书信。　⑨偷生：好歹凑活活着。　⑩长已矣：永远回不来了。　⑪更无人：没有成年男人。　⑫乳下孙：吃奶的孙子。⑬孙母：孙子的母亲，儿媳。　⑭老妪：老妇自称。　⑮夜归：连夜到军中。⑯河阳：在今河南孟州市。　⑰犹得：还赶得上。　⑱备晨炊：做早饭。⑲夜久：深夜。　⑳如闻：隐约听到。　㉑泣幽咽：哭泣声。　㉒登前途：指作者上路离开。

提 示

　　平定安史之乱的战事很不顺利。郭子仪等率领的官军在收复长安和洛阳之后，由于配合不利、内部矛盾纷争，加上粮食不足，因此又遭到大败。兵源缺乏，朝廷在洛阳一带大肆抓人当兵上战场，造成很多人家破人亡，人口减少，田地荒芜。战乱是当权者腐败无能造成的，却要由百姓承受苦难，做出牺牲。杜甫这时候正由洛阳经过潼关，回华州任所，途中耳闻目睹了百姓的苦难，写下了著名的"三吏""三别"两组古体五言诗，记录了百姓的悲惨遭遇。《石壕吏》是"三吏"中的一首，另外两首是《新安吏》和《潼关吏》。

　　这是一首叙事诗。诗的前六句写出了起因。作者在天黑前投宿在石壕村，入夜后忽然听见官吏到借宿人家中强行捉人服役。老汉爬墙逃走，老妇出门去见官。只听那官吏大声吼叫着要人，老妇哭得十分伤心。从"听妇前致词"到"犹得备晨炊"，是诗的中心内容，是老妇对官吏说的话。虽然并未写"吏"说了什么，但可以想象，正是有了他的句句逼问，才有了老妇的句句回应。原来这是饱受战争之苦的一家人。老两口的三个儿子都被抓走，当兵参战了。最近接到了一个儿子捎来的信：两个儿子已命丧沙场。"存者且偷生"是在"死者长已矣"后的辛酸又无奈之言。即使这样，官吏仍然不肯放过他们，要看看家里还有没有能当兵的人。老妇于是说有一个还在吃奶的孙子，儿媳也在，可她连一条完整的裙子都没有，出不了门。如此正当的理由并不能说动官吏，他还是不肯走，这才逼得老妇下决心，挺身而出，主动跟着官吏到军营去做饭服役，这才解脱了全家的困境。老妇走后，没人说话了。作者又听到了低低的哭泣声。这哭泣之人，当是那位"孙母"。她陷入了何等困苦的境地，读者可以体会。最后两句照应开头，作者天明离开石壕村的时候，只能和老汉一人告别。

我们从诗中可以体会到，一是战乱和暴政给民众，尤其是穷苦百姓带来了多大的灾难和痛苦。二是民众为了平定叛乱做出了多大的牺牲和贡献。专制统治者和叛乱者是造成民众苦难的两害，但民众还是选择了维护唐王朝，就连这位老妇人也上了前线。据史料记载，当时确实有妇女参战的事。杜甫这首诗和《兵车行》不同，从头至尾完全是在叙事，简练平实，虽没有一句直接抒情或议论，却句句有深意。此诗达到了内容和形式的完美统一。

无家别

[唐]杜甫

寂寞①天宝②后③，园庐④但⑤蒿藜⑥。

我里百馀家，世乱各东西。

存者无消息，死者为尘泥。

贱子⑦因阵败⑧，归来寻旧蹊⑨。

久行见空巷，日瘦⑩气惨凄。

但对狐与狸，竖毛怒我啼。

四邻何所有，一二老寡妻。

宿鸟⑪恋本枝，安辞⑫且穷栖⑬。

方春⑭独荷锄，日暮还灌畦⑮。

县吏知我至，召令习鼓鞞⑯。

虽从本州役⑰，内顾⑱无所携。

近行止一身，远去终转迷⑲。

家乡既荡尽，远近理亦齐⑳。

永痛㉑长病母㉒，五年㉓委㉔沟谿㉕。

生我不得力㉖，终身两酸嘶㉗。

人生无家别，何以为蒸黎㉘。

注 释

①寂寞：孤单。　②天宝：唐玄宗后期的年号。　③后：指发生了安史之乱。　④园庐：家园房屋。　⑤但：只有。⑥蒿藜：指杂草、野草。　⑦贱子：无家人自称。　⑧阵败：打败仗。　⑨寻旧蹊：寻找住过的地方。　⑩日瘦：日光暗淡。　⑪宿鸟：归巢的鸟。　⑫安辞：怎么能离开。⑬穷栖：居住下来。　⑭方春：开春。　⑮灌畦：浇地。⑯习鼓鞞（pí）：学习敲战鼓，意为再次当兵。鞞：战鼓。⑰本州役：本地当兵。　⑱内顾：看屋里。　⑲转迷：漂泊不定。　⑳理亦齐：都一样。　㉑永痛：永久的哀痛。㉒长病母：长年生病的母亲。　㉓五年：安史之乱已经发生了五年。　㉔委：埋。　㉕沟豀（xī）：山沟、山谷。㉖不得力：指望不上。　㉗两酸嘶：母子二人遗憾终生。㉘蒸黎：普通百姓。此处指何以做人。

　　杜甫在创作"三吏"的同时，还创作了"三别"：《新婚别》《垂老别》《无家别》。《无家别》写的是一位从军多年的士兵返家以后的故事，大意是安史之乱发生后，家园被破坏。这个士兵在打了一场败仗以后，与军队失去联系，就回到自己的家乡。他看到家乡的房屋破败，杂草丛生，一个亲人也没有。村里一百多户人家早就离开，各奔东西了。偶尔看见一两个人，都是老寡妇。死去的人和泥土混合在一起。他走了一圈，都是空空的巷子，在暗淡的光线中显得凄凉。几只狐狸和野猫看见他，竖起毛来乱叫。即使这样，他还是难舍故土，在这里住下来，准备过日子，独自一人种菜。不料县里的官吏听说他回来了，又叫他去当兵。他只好又离开了老家。虽说是在本地当兵，可家里也没什么东西可带的。自己独身一人，家乡又一无所有，远近都一样。唯一叫他伤心的，是死去五年的母亲没有得到好好安葬，至今还埋在山沟里。他觉得自己这个儿子不得力，如今连家也没有，还是个人吗？这首诗从另一个侧面记录了当时的社会现实和人民的苦难。百姓们受了这么大的苦，可还是为国家分担责任。这在官方修定的史书上是看不到的。杜甫的诗不愧为"诗史"。

　　这首诗与《石壕吏》写法相同的是只叙事，不议论；不同的是全诗完全以无家人口吻写出（第一人称），作者和他人没有出现。

春夜喜雨

[唐] 杜甫

好雨知①时节②，当春③乃发生。

随风潜入夜，润物细无声④。

野径⑤云俱黑，江船⑥火独明。

晓⑦看红湿⑧处，花重⑨锦官城⑩。

注释

①知：知道，懂得。　②时节：时候。　③当春：正当春季时。
④潜、润、细：形容春雨细小而悄然无声。　⑤野径：田野上的
小路。　⑥江船：江上的船只。　⑦晓：天亮时。　⑧红湿：花
开后被雨水打湿。　⑨花重：花饱含雨水，颜色浓重。　⑩锦官城：
位于成都南部。成都旧有大城、少城。少城是古代掌管织锦的官员
的官署，故称"锦官城"。后人以"锦官城"为成都的别称。

杜甫在安史之乱后期辞官，辗转来到了成都，在亲友的帮助下盖了一座草堂住下，生活较为安定，心情也有所好转。这首《春夜喜雨》就是在这期间写的。题为"喜雨"，诗中却不见"喜"字，但全诗给人以喜悦之感。前四句写春雨的可爱，有情有义，时节需要它，它就来了。"当春乃发生"有两种解释：一是指这场雨在春天适时降临；二是指雨水催发万物。前一种解释更通顺。把物当人来写（拟人化），是诗人常用的手法，三、四句就是如此：春雨跟着风悄然来到，无声而细小，不像夏雨哗哗作响如瓢泼，才能滋润土地和作物。五、六句写雨夜景色，一黑一明，正是雨天的特征。结尾两句是天明后的所见，"红湿""花重"把雨后花朵的美丽淋漓尽致地写了出来，可以看出杜甫此时的心情不错，和写《春望》时的心情大不相同。这首诗显示了诗人艺术构思的巧妙、语言功夫的高超，堪称唐诗五律的代表。

蜀相①

[唐]杜 甫

丞相祠堂②何处寻，锦官城外柏森森③。

映阶碧草④自春色⑤，隔叶黄鹂⑥空好音⑦。

三顾⑧频烦⑨天下计⑩，两朝⑪开济⑫老臣心⑬。

出师未捷身先死⑭，长⑮使英雄泪满襟。

注 释

①蜀相：指三国时期蜀汉丞相诸葛亮。 ②丞相祠堂：即今成都的武侯祠。原为昭烈庙（刘备庙），后设诸葛亮祠堂，又称武侯祠（诸葛亮受封武乡侯）。 ③柏森森：指武侯祠周围有成片的松柏。 ④映阶碧草：绿草映衬台阶。 ⑤自春色：自显春色。 ⑥隔叶黄鹂：黄鹂在树叶中鸣叫。 ⑦空好音：空作好听的声音。 ⑧三顾：指东汉末年刘备三次前往隆中（今湖北襄阳）拜访诸葛亮。 ⑨频烦：多次请教。 ⑩天下计：指平定国家的谋略。 ⑪两朝：指蜀汉刘备、刘禅两代君主。 ⑫开济：指开创基业，经邦济世。 ⑬老臣心：指诸葛亮为蜀国费尽心力。 ⑭出师未捷身先死：诸葛亮率军出师北伐，没能成功，因劳累过度，病死军中。 ⑮长：经常。

 提 示

　　这是一首咏史诗。三国时期蜀汉丞相诸葛亮是一位杰出的历史人物。虽然他制订的联吴伐魏、恢复汉室的计划没有实现，但是他的忠诚、勤勉、廉洁和智慧深得人心，对后世的当权者有积极影响，尤其得到百姓的赞扬。杜甫在成都时拜访他的祠堂，写下了这首七律。

　　全诗由远及近。前两句先设一问，继而说明"丞相祠堂"位于柏树繁密一片翠绿之中，使人顿生肃穆敬重之感。而后写祠堂内的景象：台阶前春草如碧，黄鹂"藏"在树叶后，叫声清脆动听。但一个"自"字和一个"空"字，使人感到这景色似与作者无关。其实这两句仍是在烘托环境，说明祠堂天然的洁净素雅，连小鸟树草也自由自在，诗人的敬重之情更加浓重。后面四句如果接着写祠堂如何壮观，塑像如何传神等，那就一般化了。诗人直接升华到对人物的评价："三顾频烦天下计，两朝开济老臣心"两句高度凝练的诗句，把诸葛亮的一生贡献概括出来，带着赞美的语调，与前四句的实景形成呼应。最后的"出师未捷身先死，长使英雄泪满襟"是传世名句，早已深入人心。看来，杜甫此诗的目的是评论"人"，而不是写参观祠堂，景物只是在衬托情感，所以诗题是《蜀相》而不是《武侯祠》。这首诗历来被认为是咏史诗的杰作。

茅屋①为秋风所破歌

[唐] 杜 甫

八月秋高风怒号②，卷我屋上三重茅③。

茅飞渡江④洒江郊⑤，高者挂罥⑥长林梢，

下者飘转沉塘坳⑦。

南村群童欺我老无力，忍能⑧对面为盗贼⑨。

公然抱茅入竹去，唇焦口燥呼不得，

归来倚杖自叹息。

俄顷⑩风定云墨色⑪，秋天漠漠⑫向⑬昏黑。

布衾⑭多年冷似铁，骄儿⑮恶卧⑯踏里裂⑰。

床头屋漏无干处，雨脚如麻未断绝。

自经丧乱⑱少睡眠，长夜沾湿⑲何由彻⑳。

安得㉑广厦㉒千万间，大庇㉓天下寒士㉔俱欢颜，

风雨不动安如山。

呜呼！何时眼前突兀㉕见此屋，

吾庐独破受冻死亦足。

注 释

①茅屋：即杜甫在成都居住的草堂。　②怒号（háo）：狂风大作。　③三重茅：指草堂屋顶的茅草。　④渡江：江，实为溪水。　⑤江郊：溪水对面的野地。　⑥挂罥（juàn）：挂结。　⑦坳（ào）：水塘低洼处。　⑧忍能：怎么能。⑨盗贼：这里是气急无奈时的激愤言辞。　⑩俄顷：不一会儿。　⑪云墨色：云如墨黑，意为天阴要下雨。　⑫漠漠：指天空阴沉沉，雨雾弥漫。　⑬向：将近。　⑭布衾（qīn）：布被。　⑮娇儿：娇小的孩子。亦作骄儿。　⑯恶卧：乱蹬。⑰踏里裂：被里破裂。　⑱丧乱：指安史之乱造成的离乱。⑲沾湿：流泪。　⑳何由彻：怎能熬到天明。　㉑安得：如何能得到。　㉒广厦：宽大的房子。　㉓大庇：全都庇护。㉔寒士：贫寒的读书人，此处泛指受饥寒的百姓。　㉕突兀：高耸的样子。

提 示

　　这是一首纪实抒情的诗，在杜诗中有重要的地位。杜甫在战乱中辗转流离，好不容易来到了后方的成都，在亲友的帮助下，于浣花溪旁盖了一处茅草房，称为"草堂"，全家人才暂时安顿下来。从诗中可以得知，草堂是很简陋的，连遮风避雨都难。偏偏那一年秋天，一场大风刮起，把草堂又"洗劫一番"。这首诗记录了当时的情景。前五句写大风对草堂的破坏，把屋顶的茅草卷走了不少，茅草随风飘到了河对面，挂在树枝上，飘到水塘里，想要找回来，要费很大气力。接着的五句写一群小孩把茅草抱走了，诗人急得没办法，只好拄着拐杖叹气。有个大学者曾经批评杜甫说，抱走茅草的一定是穷苦人家的孩子，不该骂人家是盗贼。其实那是一时的气话，很符合当时诗人的焦急心情。茅草在那时是生活必需品，无论对方是不是穷孩子，被人家当面拿走，当然让诗人生气。不是杜甫小气，而是这个大学者不通人情。再后面的八句，就让我们看到茅草缺失的惨景：透风漏雨，彻夜难眠。最动人的是最后五句，诗人由自己的苦难想到了天下受饥寒的人们，为大家呼喊，求得安居之所。那一天如果能到来，自己就是房破冻死了也满足了。

　　这首诗体现了杜甫的伟大之处，他把全诗的意义从个人层面扩大到社会层面，使之具有深刻的意义。在写作上，此诗运用古体诗不拘长短、韵律变换的优点，以实际生活为基础，大量使用民间词语，层次分明，真切感人。

绝句

（选三首）［唐］杜甫

黄四娘①家花满蹊②，千朵万朵压枝低。

留连戏蝶时时舞，自在娇莺恰恰啼③。

迟日④江山丽，春风花草香。

泥融⑤飞燕子⑥，沙暖⑦睡鸳鸯⑧。

两个黄鹂鸣翠柳，一行白鹭上青天。

窗含西岭⑨千秋雪⑩，门泊东吴⑪万里船⑫。

注 释

①黄四娘：诗人的邻居。　②蹊：小路。　③恰恰啼：正好叫
起来。　④迟日：指春天日照时间变长了。《诗经·七月》中有"春
日迟迟"诗句。　⑤泥融：泥土被融化。　⑥飞燕子：小燕子
飞来飞去衔泥做巢。　⑦沙暖：沙地很暖和。　⑧睡鸳鸯：鸳
鸯卧在沙地上睡觉。　⑨西岭：西山（岷山）雪岭。　⑩千秋雪：
长年不化的积雪。　⑪东吴：指长江下游一带。　⑫万里船：
万里之外来的船。东吴到成都相距遥远。

杜甫的诗以古体诗和律诗最有名，特别是写反映社会现实的作品，是他的强项。但是杜甫的写景绝句也不少，其中也有非常出色的。他在成都草堂居住时期，生活相对安定，心情好转，就写过很多绝句，描写所见的景致。这里挑选的三首写春景的绝句，就是代表。

前一首七绝，是组诗《江畔独步寻花》七首中的第六首。诗人在江边漫步，看到邻居家种了许多花树。一朵朵鲜花盛开，把树枝都压低了，很让人愉悦。更叫人愉快的是飞舞的蝴蝶和栖枝的黄莺，它们不但色彩漂亮，而且一动一静，一个"时时舞"，一个"恰恰啼"。蝴蝶不停地飞来飞去，诗人走来的时候，黄莺正好啼鸣。这样一对比，本来是普通人家的景色，就显得很动人。

第二首五绝，头两句泛写春天里江山美、花草香。后两句具体写燕子（不是大雁）和鸳鸯。"泥融"与"沙暖"，"飞"与"睡"，通过对比，鲜明地传达了春天气息。

第三首七绝，更是杜甫的佳作，广泛流传。头两句抬头望，两只黄鹂在绿柳枝上鸣叫，一队白鹭在晴朗的天空中飞翔。后两句放眼望，远处高山上有千年不化的积雪，江水上停泊着从万里以外开来的船只。这眼界非常宽广，妙在是从草堂里看到的。"窗含"和"门泊"把远景近拉，以小含大，诗意奇特。

绝句不要求对仗，但这三首绝句的六个上下句中，有五个对仗，显示出杜诗的特点，读来抑扬顿挫，好读易记。

闻官军收河南河北

[唐]杜甫

剑外^①忽传收蓟北^②，初闻涕泪满衣裳。

却看妻子愁何在，漫卷^③诗书喜欲狂。

白日放歌^④须纵酒^⑤，青春^⑥作伴好还乡。

即^⑦从巴峡穿巫峡^⑧，便下襄阳^⑨向洛阳^⑩。

注释

①剑外：指剑门关以南。剑门关在今四川东北部。
②蓟北：在今河北北部，安禄山起兵之处。　③漫卷：
胡乱卷起。　④放歌：放声唱歌。　⑤纵酒：开怀畅饮。
⑥青春：此处指好春光。　⑦即：即刻。　⑧巫峡：
长江的峡口。　⑨襄阳：在今湖北北部。　⑩洛阳：
在今河南西北部。

763 年春，叛军投降，唐朝官军收复了河南、河北，安史之乱结束。正在梓州（今四川东北，剑门关外）漂泊的杜甫听到这个消息，惊喜万分，写下此诗表达自己的心情和心愿。杜甫一生经历坎坷，除当了几年官员以外，多年在西北、西南各地漂泊，居无定所，饱受战乱之苦。当叛乱平定之时，他的喜悦可想而知。诗的头两句中的"忽传"和"初闻"，就把诗人的心理表达得很传神。"却看妻子愁何在"看似问句，实际无须回答，是"愁不在"之意，和下一句"喜欲狂"相呼应。诗人自己已经按捺不住，把诗稿书卷胡乱收起来。"狂"的表现，就是放歌纵酒。这是杜甫的反常，让人想到了李白。紧接着，他想到了回家乡的事。"青春作伴"，既是指大好时光，风和日丽，也是指人的精神面貌，年过半百的人，好像恢复了青春的活力，希望立刻就动身。回家的路线都想好了：坐船穿过长江三峡，到了襄阳换陆路，往北直奔洛阳。

这首诗是杜甫诗中最欢快的一首。抒发了诗人无法抑制的胜利喜悦与还乡快意，表现了诗人真挚地爱国情怀，以及高尚的精神境界。

饮中八仙①歌

[唐] 杜 甫

知章②骑马似乘船③，眼花落井水底眠。

汝阳④三斗⑤始朝天，道逢麴车⑥口流涎⑦，
恨不移封⑧向酒泉⑨。

左相⑩日兴⑪费万钱，饮如长鲸⑫吸百川⑬，
衔杯乐圣⑭称避贤⑮。

宗之⑯潇洒美少年，举觞⑰白眼⑱望青天，
皎如玉树临风⑲前。

苏晋⑳长斋㉑绣佛㉒前，醉中往往爱逃禅㉓。

李白一斗诗百篇，长安市上酒家眠。

天子㉔呼来不上船㉕，自称臣是酒中仙。

张旭㉖三杯草圣㉗传，脱帽露顶㉘王公前，
挥毫落纸如云烟。

焦遂㉙五斗方卓然㉚，高谈雄辩惊四筵㉛。

注 释

①八仙：指唐代八位好饮酒的名人。 ②知章：即贺知章。
③似乘船：骑在马上摇摇晃晃。 ④汝阳：唐朝汝阳王李
琎（jìn）。 ⑤三斗：三斗酒。 ⑥麹车（qū chē）：麹，
酿酒用的原料，泛指酒。麹车，装酒的车。 ⑦涎：口水。
⑧移封：改变封地。古代有爵位的人都有封地。 ⑨酒泉：
在今甘肃。此处代指有酒的地方。 ⑩左相：指李适之（适
读 kuò），曾任唐朝左丞相，后被奸臣李林甫排挤而贬职。
⑪日兴：指花钱买酒。 ⑫长鲸：海中大鲸。 ⑬吸百川：
比喻豪饮。 ⑭乐圣：喜饮酒。圣：代指酒。 ⑮称避贤：
李适之罢相后作诗，有"避贤初罢相，乐圣且衔杯"之句。
⑯宗之：崔宗之，唐朝齐国公，名士，李白的好友。 ⑰觞：
大酒杯。 ⑱白眼：用白眼珠看。晋代诗人阮籍对庸俗的人
用白眼珠看。 ⑲玉树临风：酒醉后摇晃的样子。崔宗之体
态潇洒，用玉树形容。 ⑳苏晋：曾在朝廷为官。 ㉑长斋：
信佛而长年吃斋（素食）。 ㉒绣佛：画佛像。 ㉓爱逃禅：
指不遵守佛家规矩。 ㉔天子：皇帝。 ㉕不上船：不去朝
见。 ㉖张旭：唐代著名书法家，以草书闻名。 ㉗草圣：
对张旭的尊称。 ㉘脱帽露顶：摘掉帽子，露出头顶。张旭
常饮酒后乘醉挥毫写字，如龙飞凤舞。 ㉙焦遂：当时一平
民。 ㉚卓然：有了兴致。 ㉛四筵：筵席四座。

杜甫忧国忧民，写作态度认真，诗风雄浑深沉。同时他也有诙谐风趣的一面，这首《饮中八仙歌》就是一例。此诗写的是唐代长安有名的"饮中八仙"，杜甫为他们每人写了一段故事，分别为二、三、四句。实际上这是给每人画了一张像，不是写实的"素描"，而是极度夸张的"漫画"。这些漫画把他们酒后的醉态描绘得生动有趣，令人捧腹大笑。

　　八个人按当时的社会地位和资格排列。第一个是年纪最大的贺知章，为了喝酒，把佩戴的金龟摘下换酒喝，醉后骑马摇摇晃晃。接着写的李琎、李适之，都是皇室宗亲，有派头，喝醉以后敢对上面提要求、发牢骚。崔宗之和苏晋都是当世名流，一个风度翩翩，酒醉后爱用白眼珠看天；一个是吃斋的佛门子弟，一喝酒就忘了佛教规矩。李白和张旭，一个是大诗人，一个是大书法家，在文化史上地位崇高。李白藐视权贵，连天子都敢不从。张旭醉后脱帽露顶，笔走龙蛇。这些都有记载。最后一个焦遂是平民百姓，酒后高谈阔论，语惊四座，想必也是豪放之士。杜甫写得既幽默风趣，又符合每个人的身份特点。全诗二十二句，句句押韵，一韵到底。人物各具神态，又主次分明。这样的写法前所未有，是杜甫独一无二的创造。

白雪歌①送武判官②归京

[唐] 岑参

北风卷地白草③折，胡天④八月即飞雪。

忽如一夜春风来，千树万树梨花开。

散入珠帘湿罗幕⑤，狐裘⑥不暖锦衾⑦薄。

将军角弓⑧不得控⑨，都护⑩铁衣⑪冷难着⑫。

瀚海⑬阑干⑭百丈冰，愁云惨淡⑮万里凝⑯。

中军⑰置酒饮⑱归客⑲，胡琴琵琶与羌笛。

纷纷暮雪下辕门⑳，风掣㉑红旗冻不翻㉒。

轮台㉓东门送君去，去时雪满天山路。

山回路转不见君，雪上空留马行处㉔。

注释

①白雪歌：古琴曲名。　②武判官：作者同僚。判官：地方大员委任的官员，协助判处公事。　③白草：西北地区的牧草，秋天晒干后呈白色。　④胡天：塞外的天空。"胡"是对北方游牧民族的称呼。　⑤珠帘、罗幕：指好看而讲究的帘子和帐幕。　⑥狐裘：狐皮做的袍子。　⑦锦衾：锦缎做的被子。　⑧角弓：兽角做的弓。　⑨不得控：天寒拉不开弓。　⑩都护：官名，指镇守并监管西北边塞的要员。　⑪铁衣：铠甲。　⑫难着：难以穿上。　⑬瀚海：大沙漠。　⑭阑干：纵横交错。此处指雪凝固如柱。　⑮惨淡：昏暗无光。　⑯凝：指云聚集。　⑰中军：指主将的营帐。　⑱饮：宴请。　⑲归客：指武判官。　⑳辕门：军营大门。　㉑风掣：大风拉扯着。　㉒冻不翻：指旗子结冰，风吹不动。　㉓轮台：地名，在今新疆天山以南。　㉔马行处：马蹄的印迹。

提示

　　岑参（715—770），唐代江陵（今湖北荆州市）人。他曾在唐朝军队里担任参军、判官等职，到西域（今新疆一带）参与军事活动，来往各地，写下了大量反映边塞风光和将士戍边生活的诗，是唐代边塞军旅诗的代表诗人，与高适并称"高岑"。其诗气势磅礴，豪迈雄奇，有丰富的想象力，特别是七言古诗，对后世有很大影响。

　　这首诗是岑参在任内送武判官归京时写的，是他的代表作。头两句就把塞外冬季大风呼啸、冰天雪地、万物凝滞的景色写了出来，给人以寒冷难耐的感觉。接着的三、四句，突然笔调一变，冷风有如春风，雪花好似梨花，充满了暖意。这一冷一热，既表现了作者乐观的情绪和想象的奇特，又使全诗的基调转为昂扬无畏。后面各句，描写大风雪给军帐内外带来的景象，浸湿了门帘和罗幕，冻硬了角弓和军旗，使狐裘锦被不再保暖，铠甲冰冷难穿。"瀚海阑干百丈冰，愁云惨淡万里凝"是诗人的想象。沙漠无水，不会有百丈冰，但被大雪覆盖后的沙漠像是有一层冰面。天上密布的阴云像是凝固了。这些都没有阻止前方将士的活动，送行宴会照常进行，胡琴、琵琶、羌笛一齐奏响。送行的人走出营门，在白雪皑皑的路上，与归京人告别，一直目送到拐弯处看不到了，雪地上只留下了马蹄的印迹。将士之间的深厚情谊在这一瞬间得以展现。全诗在雪天送友的画面中，体现出天气冷但人心暖的意境。

火山云歌送别

[唐] 岑参

火山①突兀②赤亭口③，火山五月火云④厚。

火云满山凝未开⑤，飞鸟千里不敢来。

平明⑥乍逐⑦胡风⑧断，薄暮⑨浑随⑩塞雨⑪回。

缭绕斜吞⑫铁关树⑬，氛氲⑭半掩⑮交河⑯戍。

迢迢⑰征路火山东，山上孤云随马去。

注 释

①火山：火焰山。在今新疆吐鲁番盆地北部。　②突兀：突起挺拔。　③赤亭口：今胜金口，火焰山山口。　④火云：云被映成火红色。　⑤凝未开：聚集不散。　⑥平明：天明。　⑦乍逐：忽然随着。　⑧胡风：胡地的风。　⑨薄暮：淡淡的暮色，指天要黑时。　⑩浑随：又随着。　⑪塞雨：边塞的雨，与"胡天"相对。　⑫斜吞：吞没。　⑬铁关树：铁门关的树木。铁门关在今新疆，位于火焰山西南，是古关口。　⑭氛氲：此处形容火云浓厚。　⑮半掩：掩盖。　⑯交河：今新疆交河故城，在吐鲁番，与铁门关都是古代丝绸之路的必经之地。　⑰迢迢：指路途遥远。

提 示

　　《白雪歌送武判官归京》写的是边塞的风雪寒天，这首诗写的是边塞的火热。诗以著名的火焰山为背景，描绘了火云的壮观景色。前四句重复使用"火山""火云"，把火山和火云造成的炎热和凝重描绘得让人心惊，连鸟都不敢飞来。接着又写动态的火云，清晨随风而去，傍晚带雨又来，吞没了铁门关的树，掩盖了交河的城堡。火云的气势和威力不亚于大风雪。和《白雪歌送武判官归京》一样，送别不是诗的中心，只在最后才点出来，被送的人也未出场，还是在说火山和火云：到火山以东去，火云跟着马一起走。只写马不写人，只见物不见人，实际上是以马代人。杜甫曾说"岑参兄弟皆好奇"（即写诗喜欢出奇）。这首诗就可以让人领略到"奇"的妙处。

武威①送刘判官②赴碛西③行军④

—唐— 岑 参

火山⑤五月行人少，

看君马去疾如鸟⑥。

都护⑦行营⑧太白⑨西，

角声⑩一动胡天⑪晓。

注 释

①武威：古称凉州，在今甘肃中部，是古丝绸之路的重镇。 ②刘判官：作者同僚。 ③碛（qì）西：指敦煌以西的沙漠地带。都护府在安西交河城。此处即指安西。 ④行军：出征。 ⑤火山：即火焰山。⑥疾如鸟：快得像鸟飞一样。 ⑦都护：汉唐时期管理西域事务的最高官员。 ⑧行营：都护所在的营地。 ⑨太白：指金星，古称太白金星。 ⑩角声：号角声。 ⑪胡天：泛指西域。

这也是一首送别诗。同僚刘判官要到前方参战，作者在武威为他送行时写下这首诗。前两句看似简单，实际上写出了此行路程的艰难。炽热的火焰山是刘判官的必经之地，而他一往无前地飞奔而去，显示了无所畏惧的气概。作者用"看"字表达了对同僚的赞美之意，也是对前方将士的歌颂。他对参战的将士一向敬重，不吝赞美，在另一首《送李副使赴碛西官军》中就夸赞对方："脱鞍暂入酒家垆，送君万里西击胡。功名只向马上取，真是英雄一丈夫。"第三句点明此去的目的地是都护行营，意味着有重大军事行动。"太白西"是夸张的写法。太白星又叫启明星，是最早看到的亮星，古人常把它看作胜利的前兆。"角声一动胡天晓"意为军营中早晨的号角吹响，天亮了，表达了诗人对胜利的期盼：进军的号令一响，西域的战争阴霾就会被扫光，天地一片光明。送行也是壮行。此诗眼界开阔，立意深远，是短诗中的上乘之作。

走马川①行奉送封大夫②出师西征

[唐] 岑 参

君不见走马川行雪海③边，平沙莽莽黄入天。

轮台④九月风夜吼，一川碎石大如斗，

随风满地石乱走。

匈奴⑤草黄马正肥，金山⑥西见烟尘飞，

汉家⑦大将西出师。

将军金甲夜不脱，半夜军行戈相拨，

风头如刀面如割。

马毛带雪汗气蒸，五花连钱⑧旋作冰，

幕中⑨草檄⑩砚水凝。

虏骑⑪闻之应胆慑⑫，料知⑬短兵不敢接，

车师⑭西门伫⑮献捷。

注 释

①走马川：即车尔臣河，在今新疆。　②封大夫：唐朝名将封常清，曾任安西节度使，屡建战功。后在安史之乱后被冤杀。　③雪海：地名，在今新疆天山一带。④轮台：在今新疆天山南，曾是唐朝北庭都护府所在地。　⑤匈奴：此处代指游牧民族。　⑥金山：指博格多山，在今新疆乌鲁木齐东。亦说是指阿尔泰山。⑦汉家：意为唐朝。古人常以汉家代指中原国家。　⑧五花、连钱：五花马、连钱马。　⑨幕中：指军营中。　⑩草檄：起草出征的文告。　⑪虏骑：指敌军。⑫胆慑：指害怕、恐惧。　⑬料知：料想。　⑭车师：古国名，唐朝时是都护府所在地。　⑮伫：等待。献捷：捷报。

提 示

　　这首诗也是岑参的名作。当时他担任北庭节度使判官，在封常清出征时写了此诗。前五句把出征时的恶劣天气描写得惊心动魄：黄沙漫天，夜风呼啸，飞沙走石。接着写战事的激烈：敌人兵马强壮，势头正猛，而我军连夜行军，冒着刺骨的严寒，和敌人短兵相接。以下的几个细节则说明了将士们不畏严寒、奋勇杀敌的品质：马身上的毛结了冰，写檄文的墨水都凝固了。正是看到了这样的场面，诗人才预料敌军必败、我军必胜，才满怀信心地等待捷报的到来。全诗的描写肯定有尽力渲染的成分，即所谓"奇"，但是奇得合理可信。写法上，除了头两句为上下句以外，后面都是三句式，同样新颖出奇。

　　几乎在写这首诗的同时，岑参还写了《轮台歌奉送封大夫出师西征》，和此诗同一地点，同一战役，写给同一人。内容直写战事经过，可视为上下篇："轮台城头夜吹角，轮台城北旄头落。羽书昨夜过渠黎，单于已在金山西。戍楼西望烟尘黑，汉兵屯在轮台北。上将拥旄西出征，平明吹笛大军行。四边伐鼓雪海涌，三军大呼阴山动。虏塞兵气连云屯，战场白骨缠草根。剑河风急云片阔，沙口石冻马蹄脱。亚相勤王甘苦辛，誓将报主静边尘。古来青史谁不见，今见功名胜古人。"

凉州①馆中②与诸判官夜集③

[唐] 岑 参

弯弯月出挂城头，城头月出照凉州。

凉州七里十万家，胡人半解④弹琵琶。

琵琶一曲肠堪断，风萧萧兮夜漫漫。

河西⑤幕中⑥多故人，故人别来三五春。

花门楼⑦前见秋草⑧，岂能贫贱相看老。

一生大笑能几回，斗酒⑨相逢须醉倒。

注 释

①凉州：在今甘肃武威。　②馆中：馆驿之中。　③夜集：晚宴聚会。　④半解：多半懂得。　⑤河西：在今甘肃境内，黄河以西，此处指河西节度使所在地凉州。　⑥幕中：指军营中。　⑦花门楼：馆所的建筑。　⑧秋草：秋天的野草。此处意为野草快要发黄干枯。　⑨斗酒：比酒量。

提 示

　　这首诗是岑参在去北庭的途中经过凉州与老朋友聚会时写的。当时的唐朝正值兴盛时期，军力比较强大。从军的岑参雄心勃勃，希望能建功立业，有一番作为。所以诗的基调豪迈、爽朗。从题目上看，参加晚宴的都是和他同级的判官，大家的心思相通，说话就不必客套顾忌了。

　　前六句写凉州当晚的环境。城头上的弯月，把凉州城照亮。城中的十万人口中很多是边地部族胡人，他们多半会弹琵琶。此时琵琶声此起彼伏，扣人心弦，随风飘荡，伴随人们度过长夜。这优雅的环境意味着边地休战安宁，无形中在给参加夜宴的人们助兴。后六句写夜宴的情况。大家都是老相识，分别几年再聚会，都老了不少，就像楼前的秋草发黄一样。但诗人没有失望和颓丧，"岂能"两字说明诗人满怀信心，不堪贫贱平庸一生。于是招呼同僚们开怀畅饮："一生大笑能几回，斗酒相逢须醉倒。"可以想见，他的话会引起全场大笑，继而推杯换盏，酒酣入夜。这场景使我们想到了李白的《将进酒》，同样是一醉方休，但心境大不相同。此诗在写法上，多处用"顶针"句法，活泼有趣，反映了诗人在酒意浓厚之中诗兴大发。此诗的豪爽进取精神，让读者也受到感染。

逢①人京使②

[唐]岑参

故园③东望④路漫漫⑤，

双袖龙钟⑥泪不干。

马上相逢无纸笔，

凭⑦君⑧传语报平安。

注 释

①逢：遇见。　②入京使：去京城（长安）的信使。
③故园：指家乡。　④东望：向东遥望，长安在西
域东面。　⑤路漫漫：路途遥远。　⑥龙钟：涕泪
淋漓的样子。　⑦凭：托付。　⑧君：你，指信使。

 提 示

　　岑参的边塞军旅诗，豪迈奇特，乐观豁达，很少反映将士的艰
苦生活和孤独的思乡之情。他的送别诗也少有通常的那种离别伤感
情绪。但这并不说明他没有思乡思亲的感情。在《初过陇山途中呈
宇文判官》一诗中，他就表白了内心的想法："万里奉王事，一身
无所求。也知塞垣苦，岂为妻子谋。"

　　这首五绝《逢入京使》，是岑参有名的思乡诗。他在骑马赶路
途中遇到了要回长安的信使，立刻想起了家里的亲人，两眼顿时泪
流不止，沾湿了衣袖。他想写封家信捎回去，无奈在马上没有纸和
笔，于是就说："请你给我家里带个口信，报个平安吧！"一向乐
观豪迈的诗人此刻成了思亲的泪人，心中的柔情流露出来。"无情
未必真豪杰""丈夫有泪不轻弹，只因未到伤心处"，此诗的感人
之处就在于此。

月夜

[唐]刘方平

更深①月色半人家②，

北斗③阑干④南斗⑤斜⑥。

今夜偏知春气暖，

虫声⑦新透⑧绿窗纱。

注释

①更深：夜深。 ②半人家：月光照亮了人家的一半，另一半是暗淡的。 ③北斗：北斗七星。 ④阑干：纵横交错。 ⑤南斗：南斗六星，与北斗七星相对。 ⑥斜：西斜。 ⑦虫声：指春天鸣虫的叫声。 ⑧新透：最先透过。

 提示

刘方平，又名刘微子，唐代洛阳（今河南洛阳）人，生卒年不详，约生活在唐玄宗时期。他一生隐居，以诗文和绘画为乐。存诗不多，但几首小诗却写得清丽新颖，独具一格。

古诗中有关月亮的诗，层出不穷，足够编出一本书来。刘方平的这首《月夜》，题目一般，但内容很出众。因为诗人善于绘画，所以诗里的景色也构图奇巧。头两句绘出一幅深夜月光图：月光照亮了院落的半边，另一半边则处在暗影中。这一景观是常见到的，意味着月亮西移，月光斜照。北斗和南斗的交错横斜，也印证了这一点。这景致使人感到月夜的寂静无声，无论天空还是地面，都那么安静，有一种空寂之美。后两句写"声"。在这么安静的环境中，诗人却听到了一丝声音，原来是鸣虫的叫声透过绿色的纱窗传进来了。初春的虫鸣还很微弱，诗人却敏锐地听到了，并感觉到这是和暖春气上升的征兆，万物复苏、鸟语花香的春天来到了。诗人把经由视觉、听觉感受到的事物，通过简洁的词句生动地表达了出来。

草色青青柳色黄^①，
桃花历乱^②李花香。
东风不为吹愁去，
春日偏能惹恨长。

春思二首（选一首）［唐］贾至

注 释

①柳色黄：指柳树的嫩黄。　②历乱：桃花遍开，色彩夺目。

提 示

　　贾至（718—772），字幼隣，唐代洛阳（今河南洛阳）人。他以文章见长，曾是唐玄宗、肃宗近臣，备受重用，后因事惹恼肃宗，被贬到岳州（今湖南岳阳）做地方官。其诗以写景最为出色。

　　这是《春思二首》中的第一首，在唐诗中颇为有名。尤其是头两句，"草色青青柳色黄，桃花历乱李花香"，几乎成了早春景色的代表。后两句则令人有些不解，是说春天的东风不能把我的愁吹走，春天的阳光反倒让我的恨更加绵长。什么事让他有愁有恨呢？这首诗是他在被贬期间写的，可能跟情绪不好有关。政治上的事，读者大可不必深究。春风春日不能为诗人解愁，倒反衬了春天的美好。此诗意境深远，词句浅显，明白晓畅，正是唐诗的特色。

欸乃①曲五首

（选二首）〔唐〕元结

湘江②二月春水平，满月和风宜夜行。
唱桡③欲过平阳戍④，守吏⑤相呼问姓名。

千里枫林烟雨深，无朝无暮有猿吟⑥。
停桡静听曲中意，好是云山⑦韶濩⑧音。

注 释

①欸乃（ǎi nǎi）：方言，摇船橹的声音。《欸乃曲》
是船夫唱的民歌，即船歌。 ②湘江：在今湖南境内。
③桡（ráo）：船桨。 ④平阳戍：古地名，在今湖南耒
阳。戍：关卡。 ⑤守吏：把守要塞的官吏。 ⑥猿吟：
猿猴的叫声，音长似吟唱。 ⑦云山：在今湖南邵阳，
此处代指仙山。 ⑧韶濩（huò）：古代宫廷庙堂的音乐，
此处意为庄严雅正之音。

　　元结（719—772），字次山，自称浪士，号漫郎、漫叟等。唐代洛阳人，后迁鲁山（今河南鲁山县）。他早年曾隐居山林，崇信老庄的道家学说，不满社会的不公。安史之乱中率众抗击叛军，后被朝廷任用为官。其为官有道，曾上书为民请命，并在任所为民营舍、给田、免徭役。他写过很多新乐府诗，这些诗多反映民间疾苦，斥责贪官污吏。如《贫妇词》《农臣怨》《贼退示官吏》等。

　　元结在担任道州（今湖南道县）刺史时，曾到长沙都督府公差，在返回道州途中，船逢春水上涨，行驶困难，于是仿民歌《欸乃曲》作诗五首，让船工唱。这里选的是第二、三首。前一首写船夜行湘江的情景。二月的江水上涨，船逆流而行，但这在经验丰富的船工眼中很平常。江水上涨使得江面更加平坦开阔，在月光与春风的陪伴下，正好夜行。此曲虽出于文人之手，但也有民歌的风格。三、四句写船经过关卡的时候，船工大声歌唱、使劲划船，忽然远处传来喝问声，原来是守卡的官吏在查问来者姓名。接下来必定是有问有答，然后船顺利通过。但诗到此为止，这就给读者留下了想象的余地，官吏的喝问是打破了船工的好心情，还是让船工和客人有了安全感？应该是后者的成分更多。此诗既有浪漫乐观之处，也有现实严肃之感，不同于一般的游山玩水诗。

　　后一首更有意境。当船路过一片枫树林的时候，正逢细雨连绵，烟雨弥漫，分不清是早是晚，只听见林中有猿猴的叫声。在诗人听来，猿猴长长的叫声，像是在吟唱。他让船工停下桨，细细听来，这叫声就好像是仙山那庄重雅正的音乐之声。这奇特的联想，给漫长枯燥的行程带来了乐趣，也是诗人崇尚道家文化的体现。元结的《欸乃曲》是他向民歌学习的成功之作。

枫桥①夜泊

[唐]张继

月落乌啼②霜③满天，
江枫④渔火⑤对愁眠。
姑苏⑥城外寒山寺⑦，
夜半钟声到客船。

注释

①枫桥：在今江苏苏州南门外。　②乌啼：乌鸦啼叫。
③霜：实为寒气弥漫的作者感受。　④江枫：江边的枫树林。　⑤渔火：渔船上的灯火。　⑥姑苏：苏州的古称，以城外姑苏山得名。　⑦寒山寺：在枫桥附近。建于南朝梁时，后多次重建。

 提示

　　张继，字懿孙，唐代襄州（今湖北襄阳）人，生卒年不详，约生活在唐玄宗、肃宗年间，曾在朝廷和地方任职。他的诗留存不多，以《枫桥夜泊》最为著名。

　　这首诗是作者乘船到姑苏城外停靠枫桥时所作。因为是"夜泊"，所以听到和看到的都是夜间的声与景。月亮已经开始下落，早起的乌鸦在啼叫。夜间寒气弥漫天空，像是满天白霜。江边枫树和江中渔灯在夜色中昏暗不明，像是在打瞌睡。这头两句把江边夜景描绘得"静"得出奇，连乌鸦的叫声都听得见。忽然间，几声低沉的钟响从附近的寒山寺里传出，传到了客船里，催醒了客人，打破了沉寂的夜空。此诗的意境就在这钟声里得以体现，庄严而有人气。正因为诗意浓厚，打动人心，所以此诗才得以流传千年，成为驰名中外的佳作。

江村①即事②

[唐]司空曙

钓罢归来不系船，
江村月落正堪眠③。
纵然一夜风吹去，
只在芦花浅水边。

注释

①江村：江边的渔村。　②即事：眼下见到的事（作为写作题材）。　③正堪眠：正是困倦酣睡的时候。

提示

　　司空曙（约720—790），字文明，一作文初。唐代广平（今河北邯郸永年区）人。他在朝廷和地方做过官，但官运不佳，曾因性情耿直被贬官。其诗多描写景物，颇有个性。他是有名的"大历十才子"之一。

　　《江村即事》写的是钓鱼人一件有趣的故事。钓鱼人钓鱼回来之后没有把船系住，就回村去了。一定是有外人（或许就是作者）提醒他系好船。他回答说，夜深了，月落了，太累了，正是困倦的时候，先睡觉吧！船让风吹跑了怎么办？他回答说，就是吹一夜风，船也顶多被吹到芦花那边的浅水里，不要紧。这个回答既出人意料又在情理之中。渔人肯定是个经验丰富的老手，所以才这么自信。读此诗的人，眼前定会出现江村夜间美景和此小船在芦花浅水边晃动的景象。真是太有诗意了。

听角思归

[唐]顾况

故园①黄叶满青苔，

梦后城头晓角哀②。

此夜断肠③人不见，

起看残月影徘徊。

注 释

①故园：故乡的庭院。　②梦后：亦作梦破。晓角：早晨的号角。
③断肠：指因为思乡而极度悲伤。

 提 示

　　顾况（约 727—815），字逋翁，唐代海盐（今浙江海盐县）人。他当过地方和朝廷官员，因写诗讥讽权贵，所以被贬职，晚年离职隐居。其经历了唐朝从兴盛到衰落的过程，写的诗多反映社会矛盾。如《囝》（读 jiǎn，福建地区父母对儿子的称呼），就揭露了官吏收买小男孩，私割性器后被当作奴隶的罪恶行径。《公子行》则描绘了高官子弟挥霍无度、一无所能的百般丑态。

　　这首《听角思归》从题目来看，是一首思乡诗，但通篇没有思乡的字句。头一句写故园因无人管理，而冷落杂乱。但接着的第二句是说醒来听到号角声传来，引起哀痛。原来故园的情景是诗人在梦中所见，可见思乡的情绪早已埋在心中。第三句中的"人不见"，说明这哀痛是个人的，别人不会知道，更觉得孤单无助，难以再入睡。于是有了第四句：只好起床，在残月的映照下独自徘徊。全诗由入梦到梦醒，再到难以入梦，真切地表现了作者因思乡难归而感到孤单无聊的心态。

滁州①西涧②

[唐]韦应物

独怜③幽草④涧边生，
上有黄鹂⑤深树⑥鸣。
春潮带雨晚来急，
野渡⑦无人舟自横⑧。

注 释

①滁州：在今安徽。宋代文人欧阳修的《醉翁亭记》，写的就是这里。　②西涧：水名，在滁州城西，俗名"上马河"。
③独怜：最喜爱。　④幽草：幽静之处的绿草。　⑤黄鹂：黄莺。　⑥深树：树荫深处。　⑦野渡：指野外无人管理的渡口。　⑧舟自横：小船在风雨中漂泊转向。

提示

　　韦应物（737—791），唐代京兆杜陵（今陕西西安）人。韦应物因做过滁州刺史、江州刺史、苏州刺史，所以也被称作韦江州或韦苏州。他为官清正，严于律己，关心百姓疾苦，颇受世人好评。其诗也"文如其人"，格调高清淡雅，不流凡俗。他以山水诗著称，与王维、孟浩然等齐名。其诗也有对世风和贪官污吏的揭批之作。

　　《滁州西涧》是韦应物的代表作之一。他在做滁州刺史的时候，经常到西涧观光，就写了这首七绝。四句诗写了两处景致。前两句写最喜爱的不是花团锦簇，不是小桥流水，而是长在涧边幽静之处的绿草，上面还有黄莺在树荫深处鸣叫。为什么这里是诗人的最爱？这当然与他洁身自好、不事张扬的性情有关。韦应物做过三地的刺史，政绩优良，但是因为厌恶官场习气，不会讨好巴结，所以始终未能升官，后在苏州辞官隐居。由如此，他喜欢"幽草"就可以理解了。后两句看似与前两句无关，实际上也同样有寄托。野外渡口在风雨中无人看管，小船只好在水中转体横斜。韦应物对官场不满，自己又权能有限，就像小船一样无能为力。这首诗以情入景，景中含情，景物虽然很普通，但有了情就有了不一般的迷人之处。有人认为诗人是在借景发泄对能者在下、无能者在上、自己被上边遗忘的不满，这个说法不符合韦应物的性格。今天的读者还是多体会景物描写带来的美感为好。

杂体五首

（选一首）[唐]韦应物

春罗①双鸳鸯②，出自寒夜女③。

心精烟雾色④，指历⑤千万绪⑥。

长安贵豪家，妖艳⑦不可数。

裁此百日功⑧，唯将⑨一朝舞⑩。

舞罢复裁新⑪，岂思劳者⑫苦。

注 释

①春罗：丝织品的一种。　②双鸳鸯：指春罗上绣的花鸟。
③寒夜女：在寒夜中织春罗的女工。　④烟雾色：指织
出的春罗轻而薄，如同空中的烟雾。　⑤指历：手指劳
作。　⑥千万绪：意指无数次。　⑦妖艳：指贵豪之家私
养的姬妾舞女。　⑧百日功：指经过很长时间织出的衣服。
⑨唯将：只用作。　⑩一朝舞：一天歌舞。　⑪复裁新：
又做新的。　⑫劳者：指织春罗的寒夜女。

提 示

　　这首诗是韦应物《杂体》五首中的第三首。诗里把"寒夜女"和"妖艳舞女"
的生活进行对比，表达了对富贵者奢侈生活的反感，对贫苦劳动者的同情。
寒夜女为了织出华丽的绫罗衣衫，日夜操劳，辛苦劳作，供给富豪家的妖
艳歌舞娱乐时使用，结果只用一次就扔了，要再做新的。诗的前九句如实
记述两种人的行为，并无评论，只在结尾处发出了"岂思劳者苦"的质问。
这质问就含有对富贵者奢侈无度的斥责，对剥削劳动者行为的愤慨。唐诗
中有很多这类作品，它们体现了诗人的正义感。

塞下曲①六首（选一首）

[唐]卢纶

月黑②雁飞高，单于③夜遁逃④。
欲将⑤轻骑逐⑥，大雪满弓刀。

注 释

①塞下曲：乐府曲题，多反映边塞将士的战事。
②月黑：月光暗淡。 ③单于（chán yú）：匈奴人最高首领。此处指敌军统帅。 ④遁逃：逃走。 ⑤将：率领。 ⑥逐：追击。

 提 示

　　卢纶（约739—799），字允言，唐代河中蒲县（今山西蒲县）人，祖籍范阳（今河北）。他文才过人，却在科考中屡次失利，后被人推荐，才担任官职，作为不大。但其诗很有特色，颇受世人喜爱，他被列为"大历十才子"之首。他因为在军中当过判官，所以很关注军人生活，所写的边塞诗多有佳作。如他写的《逢病军人》："行多有病住无粮，万里还乡未到乡。蓬鬓哀吟长城下，不堪秋气入金疮。"这首诗为伤病退伍军人鸣不平，令人泪下。

　　这首《塞下曲》是六首中的第三首，名气很大，内容很简单，气势却不一般。敌军头领趁天黑逃走，将军马上集合骑兵要去追击。恰好此时，大雪下起来，弓箭和战刀都落满了雪花。此诗没有写骑兵们如何战斗，而以"大雪满弓刀"结束，就给读者无限遐想，生动地表现了将士们不畏严寒、英勇杀敌的精神。加上夜景朦胧，气氛更加紧张，场面更加壮阔。

夜上受降城①闻笛

[唐] 李 益

回乐②烽③前沙似雪，
受降城下月如霜。
不知何处吹芦管④，
一夜征人⑤尽望乡。

注 释

①受降城：646年（贞观二十年），唐太宗到灵州（今宁夏灵武）接受突厥一部的投降。此后即把灵州称为"受降城"。也有说受降城是指唐朝名将张仁愿在今内蒙古黄河以北建造的东、西、中三座受降城，但与此诗所说"回乐"相距甚远。②回乐：古县名，在今宁夏灵武西南。 ③烽：烽火台。亦作回乐峰。 ④芦管：笛子。 ⑤征人：守边的将士。

李益(约748—829),字君虞,唐代凉州姑臧(今甘肃武威)人,后迁居今河南郑州。他年轻时仕途不顺,曾到北方各地漫游,其间参与过军事行动,后受到朝廷重用,官居要职。他的诗作韵律和谐,意境奇美,颇受世人好评和歌者喜爱,尤以边塞诗著名。他的边塞诗多反映将士的思乡情,与高适、岑参的边塞诗有很大不同。

这首诗写的是将士们的思乡情,与顾况《听角思归》写个人情绪不一样。头两句写登上受降城时看到的景象。夜间在月光照耀下,远处烽火台前的沙土如雪一般白亮,城头明月如冰轮一般冷若寒霜。这样清冷安静的环境最容易使人产生孤独感和思乡情。果然,当有人吹起笛子的时候,那悠扬缠绵的乐曲传到正在休息的守边将士的耳中,立刻勾起了他们的思乡情,他们都来到室外,听着笛声,望着自己家乡的方向出神。诗人把城台、月光、笛声、征人融合在一起,勾画出有声有色的将士思乡图,确实非常动人,难怪此诗很快就被唱者传播开来,成为名作。

游子吟①

[唐]孟郊

慈母手中线，游子身上衣。

临行密密缝，意恐②迟迟归。

谁言寸草心③，报得三春晖④！

注 释

①游子：出门在外谋生的人。　②意恐：担心。　③寸草心：指儿女的心。寸草：微小、稚嫩。　④三春晖：指母亲的温暖和养育之恩。　三春：春季三个月，分称孟春、仲春、季春。晖：光辉。

提 示

　　孟郊（751—814），字东野，唐代湖州武康（今浙江德清）人，祖籍平昌（今山东临邑）。他半生穷困，多次科举不中，直到四十五岁以后才登进士榜。为此曾写诗《登科后》："昔日龌龊不足夸，今朝放荡思无涯。春风得意马蹄疾，一日看尽长安花。"此后他也做过地方小官。他的诗很出名，多表现人生悲苦，也有描写景物的。他不喜平俗，追求奇险冷峻，与韩愈并称"韩孟诗派"；与贾岛并称"郊岛"，有"郊寒岛瘦"之说。

　　《游子吟》是孟郊的名作，表达了对慈母的敬爱之心。母慈子孝，是做人的根本。在古代，男子要外出寻找生活出路，孟郊也是这样，因为家境贫寒，所以很早就到各地谋生。每次外出，母亲都要把衣裳缝得结实些，针脚很密，唯恐他出去日子多回来迟，衣裳破了。天下做母亲的，都会有这种疼爱儿女的心。孟郊也是个孝顺的儿子，他考中以后得一官职，首先就把母亲接到身边奉养。这首诗就是那时候写的。"谁言寸草心，报得三春晖"就是说，我这点微小的报答，怎能报答得了母亲的养育之恩呢？孟郊的诗，很多是写生活的悲苦和社会不公，"寒气"逼人。这首诗则有着热烈温暖的气息。

洛桥①晚望

[唐]孟郊

天津桥②下冰初结，

洛阳陌上③人行绝。

榆柳萧疏④楼阁闲，

月明直见嵩山⑤雪。

注 释

①洛桥：在今河南洛阳的洛水上。　②天津桥：即洛桥。
③陌上：路上。　④萧疏：树木叶落枝少。　⑤嵩山：五
岳中的"中岳"，在洛阳东南方。

提 示

　　这首七绝备受赞扬，是孟郊景物诗的代表作。前三句写初冬的
景致，都是近景：桥下的河水结成了薄冰，路上没有一个行人，榆
树、柳树叶落枝疏，楼阁人去屋空。这场景会使人觉得空旷、暗淡、
寒冷，没有生气。但最后一句，忽然一亮：一轮明月照亮了天空，
晴朗无尘，远方嵩山上的积雪都能看得清楚。雪也是寒的，可在月
光映衬下，光亮晶莹，散发了暖意。这画龙点睛的一笔，使全诗有
了强烈的对比。孟郊的诗构思奇特，在此诗中得以体现。

夜到渔家

[唐] 张籍

渔家在江口①，潮水入柴扉②。

行客欲投宿，主人犹未归。

竹深村路远，月出钓船稀。

遥见寻沙岸③，春风动草衣④。

注 释

①江口：江水的分流处，或指渡口。　②柴扉：木条树枝做的门。　③沙岸：沙滩。　④草衣：草编的衣，即蓑衣。

提 示

张籍（约 767—830），字文昌，唐代吴郡（今江苏苏州）人，曾客居和州乌江（今安徽和县）。他出身贫苦，苦读诗书，后科举成功，做了官员。诗作以新乐府最为著名，多反映民众疾苦和社会现实的不平，如《野老歌》《猛虎行》《征妇怨》等，感情真挚，立意不俗。他是唐代中期重要诗人，韩愈、白居易等对其多有赞誉。

《夜到渔家》，另题《宿渔家》，叙述了一个小故事：江口处有座渔家小屋，夜晚潮水很大，涌进了柴门。诗人（客人）夜行至此，想到渔家小屋借宿，可主人不在屋内。客人四处张望，见一片竹林很深，通往村子的小路很长；再看江上，月光下的江面上渔船很少。诗人正在失望之际，忽见一只渔船朝这边划过来，正在沙滩旁边寻找停靠的地方，看不清渔家的面孔，只见他的蓑衣在春风中飘起。不用说，他就是小屋的主人。读了此诗后，不要以为这是欣赏渔家的悠闲自在生活。实际上此诗反映了渔家的辛劳和困苦，他整日在江上劳作，直到夜晚才回家，而他的住处是座挡不住潮水的简陋小屋。此诗叙事很有层次，寓情于景，含而不露。特别是"春风动草衣"一句，把渔家的辛劳表现得耐人寻味，成为唐诗名句。

秋思

[唐] 张籍

洛阳城里见秋风①，
欲作家书意万重②。
复恐匆匆说不尽，
行人③临发又开封④。

注 释

①秋风：秋天的风。秋风古人认为是能引起思乡情绪的。　②意万重（chóng）：指要说的话很多。
③行人：指往家里捎信的人。　④开封：打开书信的封口。

提 示

　　张籍的诗长于叙事，又能巧妙地在诗中注入情感。这首诗就是如此，看似平淡的一件事，说得也很平静，不过是托人给家里带封信，诗中却含有对亲人的深厚感情。"意万重"是指话很多，不知从何说起。写完了又恐怕还有要说的没说，看捎信人就要走了，又把信拿回来开了封口。开封要做什么，诗里没说，当然是要加上几句，再叮嘱一番了。这种寻常家经常有的情况，被张籍写进诗里，就成了万口传诵的名诗。

筑城①词

[唐]张籍

筑城处，千人万人齐抱②杵③。

重重④土坚⑤试行锥⑥，军吏⑦执鞭催作迟⑧。

来时一年深碛⑨里，尽著短衣渴无水。

力尽不得休杵声⑩，杵声未定人皆死。

家家养男当门户，今日作君⑪城下土。

注 释

①筑城：修建城墙。　②抱：亦作"把"。　③杵（chǔ）：
圆木棒，一头较细一头较粗，古代用来打穿厚土造眼。
④重重：厚厚。　⑤土坚：土层坚硬。　⑥锥：钻孔。
⑦军吏：监工的军士。　⑧催作迟：嫌太慢。　⑨碛：沙石。
⑩杵声：钻孔时发出的声音。　⑪君：这里指当权者。

提 示

　　这是张籍新乐府诗的一种，写被征劳役的筑城民工的艰苦劳动和悲惨命运。请看这样的场面：在筑城工地上，千万民工抱着一根根木杵，在坚实的厚土上使劲地钻孔。监工的军士挥着皮鞭不时地抽打，嫌他们干得太慢。这些民工来了一年，不管冬夏都要站在深深的沙石里，只能穿短衣、短裤，渴了没有水喝。军吏还规定不许让杵声停下来，也就是不许民工歇息。结果杵声还没停，人已经死了不少。他们的尸体不可能被运回家乡，都是就地掩埋。作者在叙述中已经带有愤怒的情绪，在结尾两句中，更是直接质问当权者：家家生养男孩子本是希望他们支撑门户，可现在都做了你们的城下泥土了！此诗揭露了封建统治者轻易剥夺民众生命的罪行，表现了诗人对欺压百姓的当权者的谴责和对劳苦民众的同情，读后使人对封建社会的专制暴政有形象的体会。

水夫①谣

[唐] 王 建

苦哉生长当驿边②，官家使我牵驿船③。

辛苦日多乐日少，水宿沙行如海鸟④。

逆风上水万斛重⑤，前驿迢迢后淼淼⑥。

半夜缘堤⑦雪和雨，受他驱遣还复去⑧。

夜寒衣湿披短蓑⑨，臆穿⑩足裂⑪忍痛何。

到明⑫辛苦无处说，齐声腾踏⑬牵船歌⑭。

一间茅屋⑮何所直⑯，父母之乡去不得⑰。

我愿此水作平田⑱，长⑲使水夫不怨天。

注 释

①水夫：即纤夫，用身体拉船上行的民工。　②驿边：驿站的周边。驿站是古代交通的歇息处，官吏经常强迫周边的百姓做苦工。　③驿船：为官家运载货物的船。　④水宿沙行如海鸟：像海鸟一样在水里（河边）住，在沙地里走。　⑤万斛（hú）重：极其沉重。古代以十斗为一斛，后改为以五斗为一斛。　⑥迢迢、淼淼：形容路途远、水势大。　⑦缘堤：沿着。　⑧还复去：去了回来再去。　⑨短蓑：用草编的短蓑衣。　⑩臆穿：胸口被纤绳磨破。　⑪足裂：脚裂开口子。　⑫到明：干到天亮。　⑬腾踏：齐步按节拍。　⑭牵船歌：劳动号子。　⑮茅屋：指民工的住处。　⑯何所直：值什么钱。　⑰去不得：不能离开。　⑱平田：平整的田地。　⑲长：长久、永远。

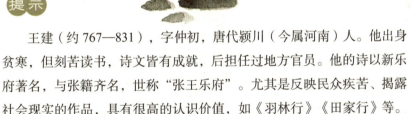

提 示

　　王建（约767—831），字仲初，唐代颍川（今属河南）人。他出身贫寒，但刻苦读书，诗文皆有成就，后担任过地方官员。他的诗以新乐府著名，与张籍齐名，世称"张王乐府"。尤其是反映民众疾苦、揭露社会现实的作品，具有很高的认识价值，如《羽林行》《田家行》等。此外，他也写了一些宫体诗。

　　这首《水夫谣》和张籍的《筑城词》一样，都是揭露当权者任意欺压、残害百姓的新乐府诗。不同的是，它是以纤夫自述的口吻写的，大意是住在驿站周边的百姓太苦了，经常被抓去当纤夫。每天水边住、沙里走，顶着大风，拉着沉重的驿船往河的上游走，路途遥远，看不到尽头。半夜拉纤冒着雨和雪，去了回来还要再去。天冷衣服湿了，披着不挡寒的短蓑衣。胸口磨破了，双脚裂开了血口子，疼痛难忍。从夜里干到天明，苦处没地方诉说，只好一起踏步唱牵船的歌，自己找乐。家里的茅屋不值钱，本可以远走他乡，可不忍离开父母生养自己的地方。但愿河水变为平地，让纤夫们不再埋怨。这首诗既有纤夫们的凄惨控诉，也有男人们的坚强乐观，两句一韵，通俗流畅，使人读后深受震撼。

题都城①南庄②

〔唐〕崔护

去年今日此门中，

人面③桃花相映红。

人面不知④何处去，

桃花依旧笑春风。

注释

①都城：指唐朝都城长安。　②南庄：长安的一个村子。　③人面：指少女的面孔。　④不知：亦作"只今"。

 提示

崔护（约772—846），字殷功，唐代博陵（今河北定州）人。他曾担任过京兆尹、御史大夫、岭南节度使等要职。他留存的诗只有六首，却因其中的《题都城南庄》而传世扬名。

这首诗写得很有意境，是用"倒叙"手法写的。头两句说去年今天到过南庄的一家门口，见到一个妙龄少女站在桃花下，人与桃花相互映衬，十分美丽。今年同一日又来此看望，少女已经不知何处去了，只有桃花还在开放，依旧那么好看。诗中的故事不复杂，但是写得留下悬念，甚至是猜想。此诗笔法简练，有故事性，韵味十足，读后就能记诵不忘。正因为如此，有关的传说就被人杜撰出来。传说崔护那年到少女门前讨要水喝，少女送水时对其含情脉脉。崔护来年寻找，少女已不见，门已经上了锁，就题此诗在门上。不久再来，少女父亲告诉他，少女因思念他而亡故。崔护在少女的遗体旁痛哭，竟把少女哭活，二人成就姻缘。这虽是传说，但很动人。后来元代杂剧就有了《人面桃花》的名剧，崔护的名字也得以流传。

图书在版编目（CIP）数据

中华经典诗歌词曲赏读 . 言志的诗 . 一 / 雪岗主编；
孙譞编写 . — 合肥：安徽少年儿童出版社，2020.11
（2024.1 重印）
ISBN 978-7-5707-0821-5

Ⅰ . ①中… Ⅱ . ①雪… ②孙… Ⅲ . ①古典诗歌—诗
歌欣赏—中国 Ⅳ . ① I207.2

中国版本图书馆 CIP 数据核字 (2020) 第 186192 号

ZHONGHUA JINGDIAN SHIGE CIQU SHANGDU YANZHI DE SHI YI
中华经典诗歌词曲赏读·言志的诗（一）

雪　岗　主编
孙　譞　编写

出版人：李玲玲　　　项目统筹：白利峰　杨贤稳　　　责任编辑：王媛媛
责任校对：江　伟　　　责任印制：王坤坤　　　　　　插画绘制：忘川山人
出版发行：安徽少年儿童出版社　E-mail:ahse1984@163.com
　　　　　新浪官方微博：http://weibo.com/ahsecbs
　　　　　（安徽省合肥市翡翠路 1118 号出版传媒广场　邮政编码：230071）
　　　　　出版部电话：（0551）63533536（办公室）　　63533533（传真）
　　　　　（如发现印装质量问题，影响阅读，请与本社出版部联系调换）
图文制作：杭州乐读文化创意有限公司
印　　制：阳谷毕升印务有限公司
开　　本：787mm×1092mm　　1/16　　印张：14.25　　字数：285 千字
版（印）次：2020 年 11 月第 1 版　　　　　　2024 年 1 月第 3 次印刷

ISBN 978-7-5707-0821-5　　　　　　　　　　　定价：53.80 元